Mauvais avec l'amour
Un Alpha qui se met sous la peau.
Une famille qui en demande trop.
Une nuit qui change tout...
Père Lolo

MAUVAIS AVEC L'AMOUR

First edition. May 10, 2024.

ISBN: 979-8224800971

Written by Père Lolo.

Also by Père Lolo

Échos de passion
Une épouse pour un milliardaire
Mauvais avec l'amour
Steve du Nouvel An

Warren Heardst n'a jamais eu de chance. Il a passé toute sa vie en compétition avec son ennemi du lycée, Roman Markham, qui a toujours été meilleur à l'école, meilleur dans le sport et meilleur en amour.

En travaillant dur, Warren construit sa vie en dehors de sa famille autoritaire, mais il ne semble pas pouvoir échapper à Roman. L'autre homme est toujours là, poussant Warren à prouver qu'il peut réussir. Mais sur le point d'atteindre son objectif, une urgence familiale survient et tout gâche.

Soudain, son rêve lui est arraché. Avec un contrat de mariage sur la table, Warren va-t-il perdre sa chance de bonheur ? Ou sa malchance amoureuse le conduira-t-elle inopinément dans les bras de son rival ?

Chapitre 1

Les épices de cannelle, de cardamome et de thé noir remplissent l'air tandis que j'ouvre le grand tambour dans le cellier et que je mets les feuilles de thé en vrac dans les pots plus petits et conviviaux que nous gardons exposés à l'avant. Avec l'automne qui s'installe, les chai lattés sont de retour à la hausse et je prends note de commander un autre baril. Au rythme où nous vendons ce mélange, nous serons sortis avant que le mélange de récolte de pommes n'entre en jeu.

Après cinq ans passés à gérer ma boutique de thé au cœur du quartier historique de Rockhaven, nous sommes enfin sortis du rouge financièrement. . Grâce à un travail acharné et à une publicité créative, nous avons bâti une clientèle solide et passionnée, stabilisé le menu et même ouvert une boutique en ligne pour expédier nos thés dans le monde entier.

Pour la première fois de ma vie, j'ai l'impression que mon rêve peut devenir réalité. Avec les revenus actuels du magasin, je pourrai rembourser le prêt que j'ai contracté auprès de ma famille dans cinq ans, sept ans si j'engage une aide indispensable, et alors ce magasin sera vraiment à moi.

Le calme de l'arrière-boutique cède la place au bourdonnement des conversations alors que je retourne devant la boutique et glisse le pot de thé sur l'étagère en chêne cerisier aux côtés des autres thés noirs.

"Warren, nous aurons bientôt besoin de plus de cookies snicker-doodle", appelle Mia depuis la station de brassage. « Mieux vaut aussi faire des chips aux abricots. »

"J'ai compris!" En déplaçant le pot sur la gauche pour égaliser l'espacement, j'entre dans la petite cuisine et charge un plateau de biscuits sortis du congélateur.

Pour réduire les coûts, je les prépare à la maison et je les apporte en magasin, avec les autres pâtisseries et desserts que nous vendons. A terme, j'aimerais externaliser cette partie de l'activité, mais ce n'est pas dans le budget. Encore.

Je règle la minuterie de mon téléphone et le glisse dans ma poche arrière pour sentir le bourdonnement, puis je reviens devant au moment où la cloche au-dessus de la porte sonne pour me souhaiter la bienvenue.

Automatiquement, j'adresse à notre nouveau client un sourire qui devient cassant et forcé lorsque je reconnais le grand homme qui s'assoit à une table pour deux personnes près de la fenêtre.

La fraîcheur du soleil d'automne met parfaitement en valeur sa forte mâchoire et les teintes rousses de ses cheveux auburn. Romain Markham. Connard d'Alpha et mon ennemi du lycée. Nous avions été ensemble dans toutes les classes de la prestigieuse école privée où nos riches parents nous avaient envoyés et étions en compétition les uns avec les autres depuis le premier jour. Il a toujours obtenu quelques points de mieux aux tests, a remporté la première place dans tous les sports et a impitoyablement volé tous les petits amis que j'avais pour les larguer une semaine plus tard.

Je pensais lui avoir échappé lorsque nous fréquentions différentes universités, mais le lendemain de l'ouverture officielle du salon de thé, il s'est présenté avec son regard critique, a souligné les endroits que nous devions améliorer pour atteindre une clientèle prête à payer dix dollars pour ' mauvaises herbes dans l'eau', et balayées. Il est revenu un mois plus tard, heureux de voir que nous avions apporté les changements qu'il avait suggérés – des changements qui figuraient déjà sur ma liste après notre ouverture en douceur – et il revient ici tous les jours depuis, lorsqu'il n'est pas hors de la ville.

Je l'interdirais s'il n'amenait pas parfois avec lui ses amis riches, des amis qui reviennent acheter nos mélanges de thé personnalisés et quittent le magasin avec des sacs portant notre logo, nous promouvant ainsi auprès de leurs autres amis riches.

Sans le patronage de Roman, nous serions peut-être encore dans le rouge, et cela me dérange énormément de ne jamais savoir dans quelle mesure mon succès actuel peut être attribué aux pieds de ses mocassins polis.

Mia se précipite vers moi, une tasse de thé dans une main et une assiette avec deux biscotti aux amandes dans l'autre. Pink rougit en regardant Roman. « Pouvez-vous prendre son service aujourd'hui ? Mes chaleurs arrivent dans quelques jours et... »

J'inspire profondément et refoule ma déception lorsque je ne peux pas sentir une augmentation de ses phéromones. En tant qu'Alpha, je devrais être capable de ressentir la chaleur d'un Omega, même quelques jours plus tard, mais tout ce que je sens, c'est le thé et les biscuits ricanants en train de cuire.

Mes sourcils se pincent d'inquiétude alors que je lui prends le thé et les biscuits. « Est-ce que tu dois rentrer tôt à la maison ? Je peux couvrir votre quart de travail.

"Non, j'ai mes anti-inflammatoires, donc tant que je reste derrière le comptoir, ça devrait aller." Elle me fait un sourire espiègle. "Tu ne peux pas m'utiliser comme excuse pour éviter ton dîner de famille ce soir."

J'écarquille les yeux en signe d'affront moqueur. "Je ne aurais jamais."

"Dès que Steve arrive, vous êtes parti, monsieur." Doucement, elle me pousse vers le bout du comptoir. "Et ne vous laissez pas prendre à discuter et oubliez que vous préparez des cookies."

Une rougeur me monte aux joues. Cela n'est arrivé qu'une seule fois, et uniquement parce que Roman était particulièrement pointilleux ce jour-là. Ce n'est pas comme si je faisais tout mon possible pour lui parler.

Avec une profonde inspiration, je redresse ma colonne vertébrale et me dirige vers la table de Roman, mon meilleur sourire de service client en place.

À trois pas de lui, les yeux bleus froids de Roman se lèvent de la tablette dans sa main et rencontrent les miens infailliblement, comme s'il savait que je serais celui qui viendrait à sa table.

Mon ventre se serre inconfortablement, mais je refuse de lui donner la satisfaction de détourner le regard en premier. C'est mon entreprise, une boutique que j'ai construite de A à Z, le seul endroit dans la vie où j'ai le contrôle total, et je ne le laisserai pas m'intimider ici.

Sourire toujours au rendez-vous, je pose son thé et ses biscuits sur la table devant lui. "Si vous souhaitez une recharge, faites-le-moi savoir et je la sortirai."

Il rapproche le thé d'un doigt long et élégant. "Earl Grey avec du miel?"

Je peux sentir la douce bergamote citronnée d'où je me tiens. Il se mélange parfaitement au parfum propre de sa chère eau de Cologne. "Oui, comme d'habitude. Vouliez-vous quelque chose de nouveau ?

"Non, c'est parfait." Il porte la tasse à ses lèvres et inspire la vapeur. "Votre magasin a le meilleur de la ville."

« Les meilleures mauvaises herbes dans l'eau de la ville », dis-je, incapable de retenir le ton sec de ma voix.

Les coins de sa bouche se contractent. "En effet."

Je tourne les talons, prêt à partir, quand il attrape mon poignet.

La chair de poule me monte sur tout le corps et je retire instinctivement mon bras alors que je me retourne, les sourcils levés. "Avez-vous besoin d'autre chose?"

« Pourquoi ne t'assois-tu pas ? Prendre une pause?" Il désigne la chaise en face de lui. "Nous n'avons pas rattrapé notre retard depuis un moment."

"Qu'y a-t-il à rattraper?" Je jette un coup d'œil aux autres clients. "J'ai du travail à faire."

"Vous avez toujours du travail." Il se retourne sur son siège, passant un bras sur le dossier de la chaise. "Vous pouvez sûrement vous permettre de faire une pause de temps en temps."

Je me raidis face aux critiques. "Nous n'avons pas tous un travail que nos parents nous confient."

Un muscle de sa mâchoire sursaute. "Non, juste des magasins qu'ils ont achetés."

La colère m'envahit, mais je ne peux pas réfuter cette affirmation. Pas encore en tout cas.

Ma poche bourdonne, m'évitant de dire quelque chose que je regretterai, et je m'éloigne de Roman sans ajouter un mot.

Une fois que je serai officiellement propriétaire de cet endroit, la première chose que je ferai sera d'interdire à Roman Markham d'y remettre les pieds.

Cet homme a le don de se cacher sous ma peau, et j'ai hâte qu'il disparaisse définitivement de ma vie.

Chapitre 2

Le malaise me monte au ventre alors que je suis le majordome jusqu'à la salle à manger.

Depuis mon passage en internat, puis à l'université, je ne me sentais plus aussi à l'aise dans la maison familiale. Il y a trop d'espace, trop d'opulence pour quatre personnes et leur personnel. Deux maintenant, depuis que papa a fait l'absentéisme et que j'ai décidé de louer mon propre logement après avoir obtenu mon diplôme. Je veux dire, qui a besoin de deux salles de bal de nos jours ? Ou un salon pouvant accueillir confortablement un sapin de Noël de deux étages et une centaine d'invités ? La moitié du manoir est fermée toute l'année et plus de domestiques que de famille vivent ici.

Mes chaussures font écho sur le nouveau sol en marbre blanc avec des veines dorées partout. Maman l'a fait installer lorsque mon père a abandonné la famille pour s'enfuir avec sa secrétaire. Tout le monde était au courant de leur liaison depuis des années maintenant – le mariage de mes parents avait toujours été une affaire d'affaires et non de passion – mais ce fut un choc lorsqu'il abandonna la fortune familiale par amour. J'étais le seul à ne pas lui en vouloir d'avoir choisi son cœur plutôt que la froide stérilité de cette maison. J'aurais juste souhaité qu'il appelle de temps en temps.

Le majordome s'arrête à la porte de la salle à manger. "Maître Warren est arrivé, madame."

"À propos du temps." Ma mère pose son verre de vin. "Nous commencions à craindre que tu ne viennes pas."

Étant donné que j'ai cinq minutes d'avance, c'est un peu mélodramatique. Mais ma famille a toujours travaillé selon la philosophie selon laquelle ponctualité était synonyme de retard.

Je passe devant le majordome et me dirige vers ma mère, déposant un baiser sur sa joue poudrée avant de poser un petit sac cadeau sur la table à côté de sa chaise. "Mère, tu es magnifique, comme toujours."

Ce n'est pas un mensonge, même si je le dirais quand même. Ma mère a toujours été fière de son apparence et cela se voit dans son teint impeccable, qu'elle met en valeur avec une légère couche de maquillage, et dans sa silhouette élancée et athlétique enveloppée dans un tailleur en soie bleue qui fait parfaitement ressortir les reflets d'encre de son corps. cheveux noirs corbeau. À près de soixante ans, elle éclipse bon nombre des débutants que j'ai rencontrés au fil des années.

Ma sœur la reflète en tous points, de ses cheveux noirs élégants à son costume légèrement plus ajusté. Et si je me regardais dans un miroir, je devrais admettre que je suis une version masculine d'elle avec les cheveux plus courts. La génétique est forte dans notre famille.

Faisant le tour de la table, je dépose également un baiser près de la joue de ma sœur et dépose son cadeau sur la table. "Ravi de te voir, Katheryn."

"J'aimerais pouvoir dire la même chose." Elle plisse le nez en observant mon modeste velours côtelé marron et le polo crème que je portais au travail aujourd'hui. "Avez-vous oublié comment vous habiller pour le dîner ?"

"Allez, chérie, tu sais qu'il est diligent avec son petit passe-temps." Mère arrache le papier de soie qui contient son cadeau. « Que nous as-tu apporté aujourd'hui ? Un autre échantillon de votre boutique ?

Je lutte contre l'irritation du fait que mon salon de thé soit réduit à un passe-temps. Après cinq ans et semaines de travail sans prendre de jours de congé, j'espérais qu'elle réaliserait enfin que je suis sérieux dans ce que je fais. Mais quand on est né dans l'excès, j'imagine que tout ce que l'on fait est un passe-temps. Ce n'est pas comme si j'avais besoin du magasin. J'ai une confiance qui mûrit lorsque j'aurai trente ans, dans seulement deux ans, et tout ce que j'ai toujours eu à faire, c'est de demander quelque chose pour qu'elle soit délivrée.

C'est en partie pourquoi je travaille si dur au salon de thé pour en faire un succès. Je veux savoir que ce que j'ai dans la vie est à moi et non une extension de ma famille.

Je m'assois à la droite de ma mère alors qu'elle sort un petit sachet de thé noir infusé à la cannelle et à l'orange. C'est celui sur lequel j'ai travaillé tout l'été et j'espère le lancer à temps pour Noël.

Elle renifle délicatement le sac avant de le tendre au majordome. « Archibald, s'il te plaît, prépare-nous un pot à essayer. Les thés de mon fils sont toujours un délice.

"Tout de suite, madame." Il prend le sac et se dirige vers la porte de la cuisine.

« Vous savez qu'il s'appelle Stirling, n'est-ce pas ? Dis-je une fois qu'il est hors de portée de voix.

Ma mère hausse les épaules. "Je n'ai pas envie de mémoriser un nouveau nom à chaque changement de personnel."

C'est exactement pourquoi le personnel change si souvent ici. Chaque nouvel employé signe une NDA avant d'être embauché afin qu'il ne puisse pas dire à des étrangers à quel point il est horrible de travailler pour ma famille.

Katheryn déplace son cadeau sur le côté sans l'ouvrir, ce à quoi je m'attendais et c'est pourquoi je lui ai donné un gommage au sucre et à la menthe poivrée au lieu du thé. Elle le redonnera probablement sans jamais l'ouvrir, alors j'espère que celui qui le recevra appréciera mes efforts.

Mia avait suggéré une ligne de spa pour le site Web, une idée avec laquelle je joue encore. Les gommages au sucre sont faciles à préparer et à conserver, mais les gens iraient-ils dans un salon de thé pour les acheter ? Ils sont comestibles, au moins, au cas où quelqu'un les confondrait avec un additif pour le thé.

Je retire la serviette en tissu blanc de ma pile d'assiettes et la pose sur mes genoux avant de me tourner vers ma mère. « Alors, à quoi devons-nous ce dîner de famille ? »

La dernière fois que nous en avons eu un, c'était lorsque maman nous a informé que papa ne reviendrait plus à la maison. La fois précédente, Nana Rose était décédée, laissant sa fortune à son autre fille, à la grande colère de ma mère. Mais tante Theona est plus jeune de vingt ans et a cinq enfants Alpha à élever, tandis que Katheryn et moi étions déjà toutes les deux scolarisées à ce moment-là.

Maman lève son verre de vin et prend une petite gorgée avant de le poser. « Devons-nous passer directement aux choses sérieuses ? Cela fait si longtemps que vous n'êtes pas allés tous les deux dans la maison familiale. Toi, avec ta petite boutique, et Katheryn avec son appartement en ville. Mon nid est vide.

Je ne dirais pas que la maison de Katheryn est petite. Elle loue la suite penthouse au cœur de la scène festive de Rockhaven, à quelques pas de toute forme de divertissement haut de gamme. Mais elle passe encore la plupart des semaines ici, au manoir. Cela manque à ma mère lorsqu'elle fait un travail caritatif pour soutenir les ballerines défavorisées, ou quelle que soit sa nouvelle cause.

"Le magasin est occupé", dis-je alors qu'elle prend une autre gorgée de vin. "Tu devrais t'arrêter pour le voir."

"Oh non, je n'ai tout simplement pas le temps." Mère efface les gouttes inexistantes de son rouge à lèvres parfait et résistant aux taches. « Entre les déjeuners et les réunions budgétaires, ma journée entière est finie. »

Katheryn acquiesce, comme s'il était parfaitement acceptable qu'aucun d'eux ne soit venu dans mon magasin depuis son ouverture. Mon père était le seul à montrer un quelconque intérêt lorsqu'il m'aidait à repérer des emplacements et à rechercher des vendeurs de thé. Mais maintenant, il est trop occupé avec sa nouvelle épouse pour venir lui aussi.

Le majordome revient, une théière en argent et des tasses en porcelaine en équilibre sur un plateau. Derrière lui suit le chef de la maison avec un plateau de petits sandwichs triangulaires et des tasses de soupe.

Ce n'est pas le repas élaboré auquel je m'attendais à mon arrivée. Est-ce que maman a repris l'un de ses régimes ? Je vais devoir prendre un hamburger en rentrant chez moi. Pas question que je fasse le plein de ce qui ressemble à des sandwichs aux tomates et au prosciutto avec du gaspacho.

"Merci, Archibold", dit maman alors que la nourriture est placée devant nous et qu'il verse le thé. « J'appellerai si tu as à nouveau besoin de toi. Sinon, veillez à ce que nous ne soyons pas dérangés.

"Oui m'dame." Avec un salut, il ramène le chef en cuisine.

Alors qu'ils partent, le nœud dans mon ventre revient. C'est comme si Père s'en allait encore une fois. Mais quelle nouvelle catastrophe aurait pu frapper la famille ?

Je me force à prendre une cuillerée de gaspacho, sans goûter le copieux mélange de légumes ni le goût piquant du citron vert et du vinaigre. Le tintement silencieux des couverts contre les bols remplit la pièce, personne ne discutant. Nous n'avons pas grand-chose à dire en général et la tension remplit l'espace, le rendant encore plus inconfortable. C'est comme si un pendule se balançait au-dessus de nos têtes, attendant la fin du dîner avant de s'effondrer.

Lorsque Mère écarte son bol et son assiette de sandwichs intacts, Katheryn et moi faisons de même avec un soupir de soulagement.

Mère prend sa tasse de thé et prend une gorgée avant de la mettre également de côté. "J'ai des nouvelles, mes chéris, et ce n'est pas bon."

Le nœud dans mon estomac essaie d'expulser la petite quantité de nourriture que j'ai forcé à avaler.

Katheryn contourne sa tasse de thé et se dirige directement vers son verre de vin, agrippant la fine tige pour se soutenir. « Est-ce que Père revient ?

Pendant un instant, Mère semble surprise, comme si cette idée ne lui était jamais venue à l'esprit. Et pourquoi le ferait-il ? Elle a obtenu ce qu'elle voulait du mariage. Une position supérieure au sein de la société, de nombreuses propriétés et des enfants pour perpétuer la lignée familiale.

Enfin, elle secoue la tête. "Non chéri. Gregory a quitté le pays.

Il me faut une seconde pour placer le nom. "Notre comptable ?"

Elle hoche brusquement la tête. "Oui."

Kathryn se détend. « Eh bien, c'est malheureux, mais cela ne vaut pas la peine de nous appeler chez nous pour faire cette annonce. Je suis sûre que l'un des associés ?... — Il a emporté notre fortune avec lui, le coupe Mère.

Katheryn hurle, tandis que la tension dans mon corps s'évanouit. "Comment pourrait-il?"

"Il avait un accès illimité à nos comptes et a investi dans plusieurs sociétés offshore, qu'il contrôle désormais." Mère nous lance un regard solennel. « Nous sommes désormais démunis. »

Alors que Katheryn bafouille, je réprime un rire. « Nous ne sommes guère démunis. Nous pouvons vendre certaines propriétés, réduire les dépenses... »

Je m'arrête tandis que Mère secoue la tête. "Non, chérie, tu ne comprends pas la situation. La vie que nous menons nécessite du financement. Un financement qui a maintenant disparu. Oui, nous pouvons vendre quelques-unes de nos propriétés, mais cela prendra du temps, et plus nous nous passerons de temps, plus nous nous effondrerons dans la société.

« Katheryn en renonçant au penthouse de Rockhaven lui fera économiser onze mille dollars par mois. Plus sans avoir à payer toutes ces places de parking pour les voitures qu'elle ne conduit jamais », raisonne-je, et ma sœur devient rouge de fureur. « Il y a la Bentley dans le garage que je n'ai jamais acceptée. Il peut aussi être vendu. Je jette un coup d'œil autour de la salle à manger coûteuse avec ses trois lustres en cristal et son papier peint en soie. "Vous pouvez emménager dans l'une des maisons de vacances et vendre cet endroit pour quelques millions."

"Arrêt." La mère lève la main. « Nous sommes les Alphas de la famille Heardst, et nous ne vendrons pas nos domaines simplement parce qu'un larbin de la direction intermédiaire nous a volé. Nous avons une position à défendre dans la société. Les gens se tournent vers nous pour donner l'exemple. Nous avons survécu au départ de votre père parce que notre nom signifiait plus que le scandale, mais si cela se révèle, tout le monde nous tournera le dos.

Je secoue la tête. "Mais si nous sommes fauchés..."

"Comme vous l'avez dit, nous avons des options." Elle tend la main et tient la tasse de thé dans ses mains. « Tout d'abord, vous retournerez dans la maison familiale. Nous vendrons le salon de thé pour survivre dans les prochains mois.

"Excusez-moi?" Le sang s'écoule de mon visage, me laissant étourdi. "C'est mon affaire."

« C'est l'investissement de notre famille, et il a suffisamment épuisé nos fonds », dit-elle froidement.

"Mais ça rapporte du profit !" Je proteste. « Ça paie désormais toutes mes dépenses, mon appartement, mes courses, ma voiture ? »

« Oui, ta voiture. » Ses lèvres se courbent de dégoût. Elle n'a jamais approuvé mon choix de conduire une modeste berline à quatre portes plutôt que la voiture coûteuse qu'elle m'a achetée pour mon vingt-cinquième anniversaire. « Il est temps que tu arrêtes de jouer au travail pour gagner ta vie, chérie. C'est amusant de déployer un peu ses ailes, mais la famille a besoin de vous maintenant. Katheryn et vous êtes en âge de vous marier, et j'ai déjà pris des dispositions avec des partenaires appropriés.

« Tant que je garde le penthouse, je me fiche de savoir avec qui j'épouserai », rétorque Katheryn. « Mais s'ils attendent plus de deux enfants, j'aurai besoin de primes mensuelles. Et je veux une équipe complète de nounous.

Tandis que ma mère acquiesce, je regarde ma sœur sous le choc. Comment peut-elle être si impitoyable ? Un penthouse ne vaut pas la peine de vendre votre vie.

« Je demanderai à nos avocats de l'inscrire dans le contrat de mariage. L'homme que j'ai sélectionné pour vous est issu d'une bonne famille Alpha, gage de la pérennité de notre lignée. J'ai choisi quelqu'un de fortuné pour Warren. Un jeune homme qui saura reconstruire facilement notre fortune familiale. Elle se tourne vers moi et demande fort. « N'aie pas l'air si horrifié, Warren. Vous avez toujours su que vous seriez censé vous marier pour la famille. Vous vous entendrez bien avec votre nouveau mari. En fait, vous vous êtes déjà rencontrés.

Mes lèvres sont engourdies lorsque je demande : « Qui ?

«Jeune Herold librement. Il vient d'avoir vingt ans. Elle porte sa tasse à ses lèvres sans boire. « Vous vous souvenez de lui, n'est-ce pas ? Vous vous êtes rencontrés à la fête de Noël de l'année dernière.

« Le fils du banquier ? Je secoue la tête en signe de déni. Cela ne peut pas arriver. "Il est à peine légal."

"Mais il est légal." Elle pose sa tasse en un clic. « Vous devriez être reconnaissant. Ce n'est pas facile de trouver un Omega mâle qui ait assez d'argent pour acheter le nom de notre famille. Sans lui, vous seriez obligé d'accepter une femelle, ce avec quoi je sais que vous auriez du mal.

Avoir du mal avec. Comme si être gay était un inconvénient que je pouvais simplement mettre de côté. «Je ne le ferai pas. Vous ne pouvez pas m'y obliger.

Elle arque un sourcil parfaitement épilé. « Arrête d'être si enfantin. C'est un honneur, Warren. Et un devoir envers votre famille.

« Mais je n'ai pas besoin de ce manoir. Ou notre nom de famille. Ma boutique peut très bien me soutenir. Je repousse ma chaise de la table. « Je suis désolé que ce soit arrivé, mais je ne serai pas vendu pour que vous puissiez continuer à vivre selon vos normes ridicules ! »

"Asseyez-vous." Le Commandement silencieux me fait tomber les genoux, le poids de son contrôle Alpha m'enlevant ma capacité de bouger.

Même Katheryn gémit et baisse la tête.

Je lutte contre le besoin d'obéir, mais je n'ai jamais été un Alpha fort – je n'ai même jamais commandé quelqu'un – et mes muscles tremblent sous l'effort avant de m'affaisser sous la défaite.

« Maintenant, alors », dit-elle comme si elle ne se contentait pas de subjuguer ses propres enfants. "J'ai déjà pris des dispositions pour mettre en vente la boutique familiale et j'ai informé le gérant de votre appartement que vous quitterez les lieux à la fin du mois."

Mon esprit cherche des alternatives alors même que mon corps me force à hocher la tête.

"Et avant de penser à refuser vos obligations, réfléchissez à ce que vous serez si vous luttez contre cela." Elle croise les mains sur la table et se penche en avant. « Votre magasin sera vendu, votre appartement vous expulsera. Votre compte bancaire, aussi dérisoire soit-il, appartient à la famille. Votre fonds en fiducie a disparu. Vous n'avez rien si vous partez d'ici. Vous serez sans abri et sans emploi. Vous serez seul, suppliant vos amis de vous trouver un endroit où dormir, et combien d'entre eux vous soutiendront une fois qu'ils apprendront que vous n'êtes plus un Heardst ?

Mes genoux tremblent et, même si le poids de son commandement ne me retient plus, je ne peux pas me forcer à me lever.

Elle sourit dans une courbe parfaite de lèvres rouges. "Maintenant, prenons le dessert pendant que je te parle de ta fiancée."

Chapitre 3

« Avez-vous des gribouillis ? » demande le client devant moi.

Me sortant de la stupeur dans laquelle j'ai marché toute la journée, je lui offre un sourire fatigué. «Je suis désolé, nous sommes tous absents pour la journée. Voudriez-vous plutôt des pépites de chocolat ?

Quand je suis rentré à la maison hier soir, je n'étais pas dans le bon état d'esprit pour préparer un nouveau lot de cookies. J'étais tombé directement sur mon lit et j'avais regardé mon réveil jusqu'à ce qu'il sonne pour que je me lève le lendemain matin.

Depuis la station de thé, Steve me lance un regard inquiet pendant que je prépare la commande de la cliente et la dirige vers le comptoir pour qu'elle attende sa boisson. Si Mia n'avait pas déjà demandé les trois prochains jours de congé pour son Heat, j'aurais appelé malade aujourd'hui. Être ici, dans l'endroit que j'aime, sachant qu'il sera démoli et transformé en quelque chose de différent, ça fait trop mal à supporter.

Toute la nuit, mon esprit a réfléchi à différentes options sur la façon dont je pourrais sauver mes rêves et ma liberté. Mais même si je pouvais obtenir un prêt commercial à temps pour acheter l'endroit, maman ne me le vendrait jamais, et je ne peux pas passer les cinq prochaines années à reconstruire dans un autre endroit. Je ne peux pas non plus me permettre de rembourser un prêt. Le revenu actuel couvre juste mes dépenses et ma subsistance, avec un petit montant réservé à l'épargne. Oui, mes projections commerciales disaient que cela ne ferait que s'améliorer, mais pas en ajoutant un prêt bancaire et en recommençant dans un endroit moins idéal.

Et ces amis dont maman se moquait de moi ? Ils n'existent même pas. Bien sûr, j'ai eu ma juste part à l'école, mais ils n'avaient pas compris mon désir de travailler alors qu'ils parcouraient le monde aux frais de leur famille. Nous nous étions séparés et avions perdu le contact.

Mia me laisserait probablement dormir sur son canapé pendant quelques nuits, mais un Alpha dans la maison d'un Omega est dangereux quand il a sa Chaleur, même un Alpha qui ne sent pas les phéromones d'un Omega, comme moi.

J'ai entendu des histoires sur la volonté de s'accoupler, le besoin écrasant qu'apporte la Chaleur. Et même si j'aime Mia, je ne veux pas qu'elle me saute dessus parce qu'elle ne peut pas se contrôler.

Les bêtas, comme Steve, ont la vie facile. Ils ne sont pas motivés par les mêmes pulsions primaires et ne sont pas non plus soumis à la volonté d'un Alpha. Le commandement glisse sur eux aussi facilement que les phéromones d'un Omega.

Sans la facilité avec laquelle je me soumets aux ordres d'un Alpha, je me serais qualifié de Bêta depuis longtemps. Cela aurait fait honte à notre famille, qui élève des Alpha depuis cinq générations, mais au moins j'aurais été autorisé à vivre ma vie librement. Personne ne va payer une dot énorme pour épouser une Beta.

Steve pose la tasse à emporter sur la barre fixe et s'approche. "C'est mon heure de pause, mais si tu as besoin que je reste par terre..."

"Non, va prendre ta pause." Je me force à sourire qui me tend les joues. "Je peux gérer le magasin pendant quinze minutes."

Derrière ses lunettes à monture dorée, ses yeux se pincent d'inquiétude. "Êtes-vous d'accord? Vous avez l'air pâle. Est-ce que tu te sens malade?"

Maintenant qu'il en parle, je me sens malade. Et un peu chaud. Mais je secoue la tête. "J'ai juste eu du mal à dormir la nuit dernière."

L'inquiétude ne quitte pas son visage. "Tu veux que je te prépare une tasse de thé avant de partir ?"

Mon sourire s'adoucit pour devenir quelque chose de plus authentique. « Non, je vais m'en faire un. Nous sommes lents aujourd'hui.

"D'accord, si tu es sûr." Il se dirige vers la porte du fond. "Je serai dans la salle de repos, donc si tu as besoin de moi, je peux ressortir."

Je lui fais signe de s'éloigner et je vais préparer une tasse de thé noir. Je devrais probablement manger quelque chose aussi. Le gaspacho de la nuit dernière s'est dissipé avant même que je quitte le manoir, et je ne m'étais pas arrêté pour mon hamburger prévu sur le chemin du retour. La caféine à jeun n'est jamais bonne, mais les pâtisseries dans la vitrine me donnent la nausée.

Lorsque la cloche au-dessus de la porte sonne, je lève les yeux et j'étouffe un gémissement alors que Roman se dirige vers sa table habituelle. Je n'ai pas la capacité mentale de m'occuper de lui aujourd'hui.

Rapidement, je lui prépare une tasse de Earl Grey et j'utilise les pinces pour retirer deux biscotti de l'étui et les glisser sur une assiette. Retirant la passoire de la tasse, je la mets de côté, apporte sa commande à sa table et m'éloigne avant qu'il ne puisse entamer une conversation.

Une minute plus tard, il me rejoint au comptoir, sa tasse de thé à la main.

Je ne peux pas lutter contre mon froncement de sourcils. « Y a-t-il un problème avec votre commande ? »

Il étudie mon visage. "Te sens-tu bien?"

"Je vais bien." J'inspire profondément et je sens l'odeur de son eau de Cologne. C'est plus fort aujourd'hui, avec un soupçon de piquant qui me prend au fond de la gorge et me fait serrer les tripes autour de la boule aigre dans mon estomac.

Les sourcils froncés, il se penche par-dessus le comptoir pour mieux voir mon visage. "Es-tu sûr? Vous n'avez pas l'air bien.

"Avez-vous besoin de quelque chose?" Je craque.

"Chéri."

À contrecœur, mes yeux se posent sur ses lèvres, les regardant façonner le mot, avant que mon attention ne se réveille. "Qu'est-ce que vous avez dit?"

Il lève sa tasse. "Tu as oublié le miel."

"Oh pardon." J'attrape la tasse et la laisse presque tomber lorsque nos doigts se frôlent.

Le stabilisant, je retourne au comptoir de préparation et arrose d'édulcorant, puis remue le thé jusqu'à ce qu'il se dissolve. J'aurais dû me forcer à dormir la nuit dernière. Le flou dans ma tête me fait des ravages. Je ne gâche jamais la commande de Roman. Pourquoi aurais-je? Il ne s'en est pas écarté depuis cinq ans.

Je ramène la tasse sur le comptoir, la pose et la lui fais glisser. « C'est offert par la maison. Désolé pour l'erreur."

« Ce n'est pas nécessaire. Ajoutez-le à mon onglet. Ses yeux me balayent à nouveau. « As-tu le temps plus tard ? Je pensais que nous devrions le faire ?... »

Je secoue la tête avant qu'il ait fini. "J'ai quelque chose ce soir."

Ce rappel me rend encore plus malade. Je suis censé me présenter à l'hôtel Wellington ce soir pour rencontrer officiellement mon futur fiancé lors d'une des ventes aux enchères de ma mère. Peut-être que si je lui parle, il annulera toute cette affaire. C'est mon seul espoir. Mais ensuite, maman trouvera simplement quelqu'un d'autre avec de l'argent et le désir d'un nom chic.

"Garenne?" La voix de Roman me sort de mes pensées. « Quand auras-tu fini ce soir ? On peut prendre quelque chose après ? Un dîner tardif, ou un café... » Il s'interrompt, dépité, alors qu'il jette un coup d'œil au magasin autour de lui. "Ou du thé?"

Mon froncement de sourcils revient. Roman ne m'a jamais invité. Pourquoi ce désir soudain de se reconnecter ? Ce n'est pas comme si nous étions amis au lycée. « Je ne sais pas quand j'aurai fini. C'est l'une des activités caritatives de ma mère.

« Le Gala Wellington ? » Lorsque mon froncement de sourcils s'accentue, il hausse les épaules. « Mes parents y vont. Nous pouvons parler là-bas, je suppose.

Mais ne m'avait-il pas simplement demandé de le rencontrer ? Voulait-il que j'aille à la charité avec lui ? Cela n'a cependant aucun sens. Roman et moi ne socialisons pas en dehors de ses visites au magasin pour son thé du matin.

Ensuite, je réalise que Roman sera là pour me voir vendu comme l'étalon familial, et mon estomac se soulève.

Sans un mot, je me retourne et sprinte vers l'arrière-salle, parvenant à peine aux toilettes avant de vomir. Seuls le thé et l'acide montent, et après un moment, mon estomac se calme à nouveau.

Quand je me lève, Steve plane dans l'embrasure de la porte. «D'accord, je sais que tu es mon patron, mais je te renvoie chez toi. Nous ne pouvons pas laisser vos clients tomber malades.

Je ne pense pas être malade, pas vraiment, c'est juste tout le stress et le manque de sommeil qui me rattrapent. Mais j'acquiesce. « Si Roman est toujours au comptoir, peux-tu lui dire que sa commande est livrée à la maison ? Je vais sortir par l'arrière.

"D'accord pas de problème." Steve sort une poignée de serviettes en papier du distributeur mural et me les passe. « Tu devrais aussi rester à la maison demain. Prends des médicaments et dors un peu. Je vais appeler Jessica pour m'aider.

Jessica est notre employée à temps partiel. Elle cherche toujours à prendre des quarts de travail supplémentaires.

J'acquiesce à nouveau. "Okay, ça a l'air bien. Si vous avez besoin de quelque chose... »

« Vas-y. » Il agite la main vers la porte. "Reposez-vous."

Alors qu'il disparaît, je me fais couler de l'eau froide sur le visage et le cou, puis je regarde mon reflet dans le petit miroir au-dessus du lavabo. Mes yeux noisette sont un peu vitreux, mon visage pâle à l'extérieur d'une teinte rouge sur mes joues. Peut-être que je suis malade.

En m'essuyant le visage, j'enlève mon tablier et me dirige vers la porte arrière où je gare ma voiture, priant pour ne pas croiser Roman ce soir.

Parce que, malade ou pas, aucune excuse ne me sortira de ce gala. Seul un miracle me sauvera de ce mariage.

« Vous êtes spécialisé en affaires, n'est-ce pas ? » » demande Herold en s'accrochant à mon bras.

Le gamin m'a repéré dès que je suis entré dans la salle de bal de l'hôtel et ne m'a plus quitté depuis, pour le plus grand plaisir de ma mère.

Il a toujours l'air d'avoir douze ans, malgré les assurances selon lesquelles il vient d'avoir vingt ans. Ai-je déjà eu l'air aussi jeune ? Je ne pense pas. Il a une douceur sur son visage et sur son corps qui demande à quelqu'un d'intervenir et de prendre soin de lui, mais je ne ressens rien, peu importe à quel point il se presse contre moi. Je n'ai jamais aimé les petits gars. La plupart de ceux avec qui je suis sorti étaient des bêtas musclés qui pouvaient croiser mon regard sans avoir à lever les yeux. Ils ne s'attendaient pas non plus à ce que je sois recherché pour mon Alphaness.

Quelque chose qui, je suis sûr, me manquera à Herold au fur et à mesure que nous serons ensemble, ce qui me rebute encore plus.

« Ce n'est pas idéal, bien sûr, mais papa vous apprendra ce que vous devez savoir avant de reprendre l'entreprise familiale », continue-t-il, sans même avoir besoin de mon avis pour poursuivre la conversation.

Ce qui tombe bien, car, sérieusement, qui appelle encore son père papa à son âge ? S'il m'appelle comme ça dans la chambre, je ne banderai jamais. Je jette un autre regard à ses joues douces. De toute façon, ce n'est pas une possibilité.

Pendant qu'il parle de l'avenir auquel je ne veux pas participer, je laisse mon attention dériver sur la pièce.

L'événement en cravate noire a attiré la couche supérieure de la société, et ils dérivent dans la pièce, enchérissant sur les articles de charité exposés sur les tables plaquées contre le mur. Les plus gros objets seront mis aux enchères après le service du dîner, qui devrait commencer dans une heure. Pour l'instant, un quatuor à cordes joue sur scène, le doux rythme des violons se faufilant dans la foule.

Entre tout le monde et Herold, j'ai trop chaud dans ma veste de costume et ma cravate, mais je ne peux les enlever qu'à l'heure de l'apéritif. La sueur coule le long de ma colonne vertébrale et ma tête est toujours floue, même après la sieste de trois heures que j'ai réussi à faire avant de venir ici. J'ai envie de m'évader dehors et de me rafraîchir, mais je ne vois pas cela arriver de si tôt.

Mes yeux se posent sur le bar et je regarde Herold. "Veux-tu quelque chose à boire?"

Sa bouche se ferme au milieu d'un mot et je réalise tardivement qu'il parlait toujours. Non pas qu'il s'était arrêté toute la nuit. Ses lèvres se serrent, et pendant un instant, je vois l'avenir que nous aurons ensemble, rempli de ses bavardages sans fin sur des choses qui ne m'intéressent pas entrecoupées de mécontentement boudeur si je sors de sa boîte d'attentes. Ce qui, comme il l'a expliqué en détail, est un bonbon pour le bras Alpha qui gère son entreprise familiale pour lui pendant qu'il fait sortir des bébés.

Oui, les bébés étaient déjà évoqués dans la conversation. Il en veut un par an jusqu'à trente ans, et ce dès que possible. Il a même laissé entendre que nous pourrions commencer ce soir et a glissé une carte-clé dans la poche intérieure de ma veste.

Ça n'arrive pas, gamin. Pas ce soir ni aucun autre soir si je peux trouver un moyen d'échapper à ce destin.

Après une longue pause, il sourit joliment. « Que diriez-vous d'un cosmopolite aux cerises ? »

"Bien sûr." Je fais un signe de tête vers une table voisine. "Si vous voulez vous asseoir, je reviens tout de suite."

Il passe ses doigts sur ma poitrine puis tire de manière ludique sur ma cravate. "Ne me fais pas attendre, mon amoureux."

Ma bite ne bouge même pas avec un intérêt réactionnaire. Cela ne fonctionnera jamais.

Dès qu'il relâche mon bras, je traverse la pièce en courant, les yeux fixés sur le bar. Si je ne peux pas m'échapper dehors, je peux au moins prendre un verre pour adoucir la torture de la nuit.

La pièce se réchauffe à mesure que je m'éloigne de l'entrée jusqu'à ce que mon visage rouisse à cause de la chaleur. Pendant que je fais la queue pour le bar, j'essaie de desserrer ma cravate sans la défaire. Le lieu n'est-il pas équipé de la climatisation ? Ou ne peut-il tout simplement pas suivre le nombre de personnes rassemblées ici ?

La sueur coule sur ma tempe et j'utilise mon brassard pour l'essuyer.

"Qu'est ce que je peux vous servir?"

En clignant des yeux, je lève les yeux et me retrouve déjà au bar. Je ne me souviens pas que la file ait bougé et j'ai rapidement écumé les bouteilles. "Euh, une vierge cosmopolite avec des cerises et un shot de whisky." Je m'essuie à nouveau le front. "Avez-vous de l'eau glacée là-bas?"

Hochant la tête, le barman attrape un pichet et remplit un verre d'eau glacée avant de préparer les boissons que j'ai commandées. Pendant que je bois l'eau, je ne fais pas attention à ce qui se passe dans le cosmopolite, ni à la façon dont il prépare une boisson à moitié vierge de vodka. Je m'en fiche tant qu'Herold reste complètement sobre ce soir. Il est déjà trop bricoleur à mon goût. Lorsque le barman glisse le shot devant moi, je le renvoie, puis j'attrape le pichet et je remplis mon verre avec plus d'eau.

L'alcool n'aide pas à faire bouillir la chaleur sous ma peau, et je presse le verre froid contre ma joue tandis que je prends le cosmo et m'éloigne du bar.

« Qui est le gamin ? » une voix enfumée murmure à mon oreille et la chair de poule monte sur tout mon corps.

Je reconnais l'eau de Cologne aussi vite que la voix et je continue de marcher.

"Est-ce que tu m'ignores maintenant?" Roman se place devant moi, m'obligeant à m'arrêter ou à lui rentrer dedans. "Qui est le gamin qui n'arrête pas de te tripoter ?"

"Pourquoi, tu veux me le voler?" Je fais un geste avec le verre d'eau. "Faites de votre mieux."

"Alors, tu n'es pas intéressé par lui?" Quelque chose comme du soulagement apparaît sur son visage avant que l'amusement ne le remplace et que la colère éclate en moi.

Quoi, est-ce que ça vaut seulement la peine de voler les gars qui pourraient vraiment me plaire ?

Je lève le menton. "C'est mon intention."

L'amusement disparaît en un instant. "Vous êtes destiné à quoi?"

"Mariage."

Alors que je bouge pour le contourner, Roman attrape mon bras pour m'arrêter. "Tu n'es pas sérieux, n'est-ce pas ?"

Je le regarde, croisant son regard directement. "Est-ce que j'ai l'air de plaisanter?"

Tandis qu'il scrute mon visage, son expression se durcit. Avant que je puisse l'arrêter, il glisse sa main dans ma veste, ses doigts glissant sur ma poitrine. Mon pouls s'accélère au léger contact, mon corps réagissant bien plus à son frôlement accidentel qu'il ne l'a fait toute la nuit aux tâtonnements d'Herold. La main de Roman se glisse dans ma poche et il en sort la carte-clé que mon futur fiancé m'a glissée plus tôt.

Ses yeux s'accrochent aux miens alors qu'il le glisse dans sa poche. "Ça ne te dérange pas si je prends ça, n'est-ce pas ?"

Je refuse de laisser son aura Alpha me forcer à détourner le regard. "Est-ce que ça m'a déjà dérangé quand tu prends ce qui est à moi ?"

"Je ne sais pas. Je ne pourrai jamais le dire avec toi. Il tend la main et redresse ma cravate. «C'est la première fois que je le fais depuis longtemps. Qu'est-ce que tu ressens ?

Soulagé. Irrité. Piégé.

Je me penche en avant, respirant les agrumes et les épices de son eau de Cologne. « Il va juste m'en donner un autre. Il a hâte de commencer à faire des bébés. Donc, si vous voulez agir, vous feriez mieux de le faire vite.

Ses yeux bleu pâle se tournent vers les miens et un grognement sourd résonne dans sa poitrine.

Un frisson me parcourt alors que je passe devant lui, mon sang bourdonnant à l'idée d'enfin prendre le dessus sur Roman Markham.

Chapitre 4

À mesure que la nuit avance, le caractère collant et les insinuations pas si subtiles d'Herold m'énervent. Cela n'aide pas que la chaleur dans la pièce continue de croître, et je fais tellement de voyages au bar pour remplir mon eau que je gagne plus d'une moue de mon rendez-vous.

Pense-t-il que j'essaie de lui échapper ? Il n'a pas tort s'il le fait. Je me sens collant et mal à l'aise à cause de la transpiration, et mon verre d'eau se vide trop vite pour me garder au frais.

Roman plane à ma périphérie, mais malgré toutes les ouvertures que je lui donne, il ne saisit jamais l'occasion de se précipiter et d'éloigner Herold de moi. La seule fois où je veux qu'il vole quelqu'un, et il choisit maintenant de trouver une conscience.

Après le dîner, je m'enfuis vers la salle de bain, poussé par la vessie pleine et un besoin désespéré de quelques minutes de silence.

Une fois que j'ai résolu le problème immédiat, je m'attarde près de l'évier, m'aspergeant d'eau froide le visage et la nuque. Mon visage dans le miroir semble rouge, mes yeux sont plus vitreux qu'ils ne l'étaient plus tôt dans la journée et j'ai peur d'attraper vraiment un rhume.

Prendre congé demain est une bonne idée. Peut-être que je devrais voir si je peux aussi prendre congé le lendemain.

La semaine dernière, je n'y aurais jamais pensé. Beau temps, mauvais temps, en bonne santé ou malade, j'étais au magasin, même si c'était juste comme soutien au bureau. Le magasin de thé est mon bébé, mes espoirs et mes rêves. Mais maintenant que mon rêve m'est arraché, j'ai du mal à trouver la détermination nécessaire pour m'assurer qu'il continue de réussir.

Derrière moi, une porte de stalle s'ouvre et un homme en sort en trébuchant, le visage rouge et le pas inégal. Je l'ai croisé plusieurs fois en faisant la queue pour le bar, et on dirait que toutes ces boissons l'ont finalement rattrapé.

J'éteins l'eau et prends quelques serviettes en papier dans la pile bien rangée du panier. Ils sont plus doux que ceux de ma boutique, semblables à du tissu, et je me sens coupable de les jeter après m'être essuyé le visage.

Malgré toute une série d'options, l'homme s'arrête devant le lavabo juste à côté du mien et me regarde dans le miroir pendant qu'il se lave les mains.

Ses yeux glissent sur mon corps avec intérêt. "Tu es là pour une rencontre ?"

"Non." Je me détourne.

Pour la deuxième fois en une journée, un homme m'attrape le bras pour m'empêcher de partir. Mais contrairement à Roman, ce type n'essaie pas d'être doux lorsqu'il me rapproche. « Allez, tu es visiblement ici à la recherche de quelqu'un pour prendre soin de toi ce soir. Pourquoi pas moi?"

L'alcool me coule sur le visage tandis qu'il se penche vers moi, et ma peau se met à ramper. "Je ne suis pas intéressé."

"Quoi, tu ne penses pas que je suis assez Alpha ?" Il me rapproche et mes sens sont inondés de son odeur aigre. « Les stands sont agréables et privés ici. Viens avec moi."

Le Commandement me fait frissonner et mon pied avance avant que je ne raidisse mes muscles. "C'est quoi ce bordel?" La colère m'envahit et je m'arrache à son emprise. « Est-ce que tu viens sérieusement d'essayer de m'ordonner de te baiser ? Vous pensez que je ne signalerai pas ça ?

"Hé, j'essaie juste de t'aider ici." Son visage devient encore plus rouge alors qu'il fait un pas en avant. "Tu viens ici comme ça, tu cherches ça." Il attrape son entrejambe d'un geste grossier. "Tu ne devrais pas être si pointilleux."

"Tu ne comprends pas quand un gars dit non?" » demande Roman derrière moi, et je me retourne pour le trouver dans l'embrasure de la porte, les yeux fixés sur le type qui m'aborde. Fury remplit son visage, tournant ses yeux bleus d'acier, alors qu'il ordonne : "Sortez et signalez vos actions à la sécurité."

Mes genoux tremblent du besoin d'obéir, et l'ordre ne s'adresse même pas à moi. L'ivrogne n'a aucune chance. À pas robotiques, il sort de la salle de bain, me laissant seul avec Roman.

Nous nous regardons pendant quelques battements rapides de mon cœur avant qu'il ne se précipite et ne prenne mon visage dans ses mains. "Est-ce qu'il t'a fait mal?"

Contrairement à l'ivrogne, le contact de Roman ne me donne pas la chair de poule. Loin de ça, en fait. Le feu que j'avais réussi à éteindre avec l'eau froide reprend vie, une fournaise prête à me brûler vif. Mes jambes déjà faibles menacent de céder à cause de la fièvre soudaine, et j'attrape le comptoir pour m'empêcher de glisser sur le sol.

Les narines de Roman se dilatent alors qu'il prend une profonde inspiration. "Garenne?" Ses pouces passent sur mon visage. "Es-tu avec moi?"

Je cligne des yeux, ma tête floue ayant du mal à suivre la conversation. Bien sûr, je suis avec lui. Il me touche, pour l'amour de Dieu, et ma peau brûle de plus en plus à chaque seconde qui passe.

Je lèche mes lèvres sèches, la gorge desséchée. "Je pense que je suis malade."

"Tu brûles." Une main se déplace vers mon front tandis que l'autre se glisse sous mon col, à la nuque.

Le tremblement de mes jambes s'aggrave et je lève la main pour saisir son revers. "J ai besoin de rentrer a la maison."

"Tu n'as pas beaucoup de temps." Il passe un bras autour de ma taille. "Allez. J'ai une chambre à l'étage. Je vais faire envoyer des médicaments.

"Pourquoi es-tu gentil?" Je demande alors qu'il me porte à moitié hors de la salle de bain. « Ne ratez-vous pas votre opportunité de sortir avec Herold ?

Il renifle avec dérision. "Je ne veux pas de cet homme-enfant."

"C'est un Omega", je murmure en m'appuyant davantage sur Roman. "Famille riche."

"Alors pourquoi tu t'intéresses à lui ?" Il fait un signe de tête à quelques invités tout en se déplaçant pour bloquer leur vue sur moi.

C'est un niveau de considération que je n'attendais jamais de sa part, et cela me pousse à répondre honnêtement. « Nous sommes fauchés. C'est ma mère qui a arrangé ça.

Je sens ses yeux sur moi alors qu'il s'arrête devant l'ascenseur. "Et c'est le gars qu'elle a choisi pour toi ?"

"Katheryn aura le conjoint prestigieux, moi celui qui sera prêt à payer le plus." Un rire amer m'échappe. "Mariez-vous pour la famille ou soyez expulsé."

L'ascenseur arrive et il me déplace dans la boîte bordée de miroirs, me tenant contre lui pendant qu'il appuie sur le bouton du douzième étage. « Et votre salon de thé ? Cela peut sûrement vous aider ?

« Propriété de ma famille. J'étais sur le point de commencer à le rembourser le mois prochain ; J'avais un plan sur cinq ans, mais maintenant cela n'a plus d'importance. Chaque inspiration que je prends remplit mes poumons de son eau de Cologne, ce qui rend la réflexion difficile. Je gémis contre son cou. « Oubliez que j'ai dit tout ça. Je délire. Je rentrerai chez moi dès que j'aurai pris des médicaments.

"Nous verrons", grogne-t-il, et la vibration traverse mon corps, apaisant une partie de la brûlure.

"Ça fait du bien." Je me rapproche. "Refais-le."

Le grondement revient alors qu'il me prend la nuque. "Tu vas être ma mort, Heardst."

"Tu peux recommencer à me détester demain", je gémis dans son cou. "Pour l'instant, continuez à parler."

Il serre mon cou. "Je ne te déteste pas."

"Menteur."

L'ascenseur s'arrête et son emprise sur moi change. "Peux-tu marcher? Ou dois-je te porter ?

« Nous avons presque la même taille », je proteste, même si je ne veux pas me détacher de lui. La brûlure sur ma peau se sent mieux lorsque nous sommes proches. "Tu ne peux pas me porter."

En réponse, il se penche, un bras placé derrière mes genoux, et il me soulève facilement.

Alors qu'il me porte depuis l'ascenseur, ma tête retombe et je gémis. "Y a-t-il quelque chose pour lequel tu es mauvais ?"

"Apparemment, il y a une chose pour laquelle je suis très mauvais." Il me soulève un peu plus haut et ma tête repose sur son épaule. "Faire taire. Nous y sommes presque."

Lorsqu'il arrête de parler, la bouffée de chaleur revient, rampant sous ma peau. Son eau de Cologne rend les choses meilleures et pires à la fois, atténuant ma fièvre et la faisant monter plus haut. "Quelle marque portez-vous ?"

"Quoi ?" demande-t-il, distrait alors qu'il s'arrête devant une porte et essaie de sortir sa carte-clé de sa poche sans me laisser tomber.

"Votre eau de Cologne." J'enroule mes bras autour de son cou et me blottis pour faire pénétrer l'odeur dans mes poumons. "Quelle marque ?"

"Je ne porte pas d'eau de Cologne." Il introduit la carte dans le lecteur au toucher et le verrou s'ouvre. "Pourquoi es-tu venu ce soir sans prendre tes pilules ?"

Parle-t-il de médicaments contre le rhume ? Je n'étais pas sûr d'être malade en partant pour la fête. "Je n'étais pas encore sûr d'en avoir besoin."

« C'est un risque stupide à prendre », marmonne-t-il en me laissant tomber sur le lit comme si je le brûlais, et peut-être que c'est le cas. "Tu as de la chance que je sois entré dans la salle de bain à ce moment-là."

"C'est toi qui es stupide." Je tire sur la cravate autour de mon cou, désespéré d'échapper au nœud coulant. "J'ai laissé Herold grand ouvert à vos avances toute la nuit, et vous n'avez jamais mordu à l'hameçon."

"Je t'ai déjà dit que je ne m'intéressais pas à lui." Il s'arrête à côté du téléphone pour me regarder. "Ce n'était pas non plus le genre de gars que l'on recherche habituellement."

Je renonce à retirer ma cravate et la laisse lâche autour de mon cou. « Quel genre de gars est-ce que je choisis habituellement ? »

"Plus grand, plus proche de votre propre taille." Il passe une main dans ses cheveux. " Aux cheveux auburn et aux yeux bleus. "

La façon dont les lumières de la pièce captent les mèches rouges de ses cheveux me distrait avant que la chaleur de mon corps ne me rappelle mon objectif initial.

Je vais travailler sur les boutons de ma chemise. "Tu es un menteur. Tu as regardé Herold toute la nuit. Chaque fois que je jetais un coup d'œil, tu étais là.

"On dirait que c'est toi qui regardes." Ses yeux descendent sur ma poitrine nue avant de se détourner et de porter le téléphone à son oreille. Un instant plus tard, sa voix basse remplit la pièce. "Oui, j'ai besoin d'agents anti-incendie et de bougies envoyés dans la chambre 1215. Dès que possible."

Confus, je m'arrête en retirant ma chemise de mon pantalon. "Herold n'est pas en chaleur."

« Ils ne sont pas pour Herold. Je m'en fiche de ton rendez-vous ce soir. Agité, Roman raccroche le téléphone et se passe à nouveau la main dans les cheveux. « Voudrais-tu arrêter de te déshabiller ? Je me contient à peine en ce moment.

Les sourcils froncés, je me débats pour retirer ma veste. « Êtes-vous en chaleur ? »

"Est-ce que tu te moques de moi? Est-ce une sorte de blague élaborée ? Il fait un pas saccadé vers le lit avant de se figer. "Warren, arrête de te déshabiller."

Le Commandement roule sur moi comme une énorme bouffée de chaleur, ayant sur moi l'effet complètement opposé à celui qu'il souhaite, et je repousse la veste. Il emporte la moitié de ma chemise avec lui, mais la cravate à mon cou s'accroche dans le col.

On frappe à la porte et Roman court pratiquement hors de la pièce pour y répondre.

Il revient alors que je réussis enfin à m'échapper de la chemise, mais ce n'est pas suffisant. Ma peau est en feu, le tissu de mon pantalon frotte douloureusement et j'attrape ma ceinture.

"Tiens, prends les pilules." Warren me tend une bouteille d'eau et un petit gobelet en papier.

Je m'arrête dans ma lutte avec la ceinture pour regarder les pilules bleues et rouges distinctives avant de le regarder à nouveau. « Pourquoi me donnez-vous des suppresseurs ? »

Il me met la tasse dans la main. "Parce que tu vas en Heat."

"Non, je ne suis pas." Je lui renvoie la tasse. "Je suis un Alpha."

« Non, ce n'est pas le cas. Tu es un Omega. Il prend une profonde inspiration, les pupilles élargies. « Vos phéromones sont si fortes. Si je n'avais pas allumé la bougie près de la porte, tous les Alphas dans le couloir te sentiraient en ce moment.

Je le regarde sous le choc. « Je ne peux pas être un Omega. J'ai presque trente ans. J'aurais montré des signes avant maintenant.

« Maturité latente ». Il se lèche les lèvres avidement. "Probablement provoqué par le stress." Puis, il fait une pause. « C'est votre premier Heat ? »

"Je ne suis pas en Heat!" Je le répète, car il semble avoir du mal à entendre mes paroles en ce moment. "Les Alphas n'ont pas de Chaleur."

Grognant, il laisse tomber les pilules alors qu'il se précipite en avant, attrapant la cravate toujours autour de mon cou pour m'enrouler. Sa bouche claque sur la mienne, sa langue passant devant mes lèvres surprises pour caresser les miennes.

Mon choc ne dure qu'un instant avant que le désir ne prenne le dessus, et je lui rends mon baiser, ma bouche affamée contre la sienne. Il a le goût du thé à la bergamote qu'il boit tous les matins avec une touche sucrée qui me donne envie de le lécher partout et de découvrir où il est doux.

Quand il recule, je gémis de perte. J'ai besoin de sa bouche contre la mienne, j'ai besoin de la plénitude de sa langue dans ma bouche.

Il respire lourdement, ses yeux rivés sur les miens. "Dites-moi encore que vous êtes un Alpha."

Mes lèvres s'entrouvrent, mais aucun mot ne sort. Je ne sais plus ce que je suis. Je ne me suis jamais senti comme un Alpha, mais je ne me suis jamais senti comme un Omega non plus. Ce que je sais, c'est ce dont j'ai besoin et je me jette en avant pour sceller nos lèvres tandis que je le tire sur moi.

Je n'aime pas Roman Markham – il n'est qu'une épine dans mon pied depuis notre première rencontre – mais comme son corps dur recouvre le mien, je sais qu'il est le seul à pouvoir éteindre le feu qui fait rage dans mon sang.

Chapitre 5

Les mains de Roman bougent sur tout mon corps, possessives et exigeantes à mesure qu'il apprend ma forme. Mes propres mains plongent sous sa veste de costume, creusant les muscles durs de son dos et traçant le sillon de sa colonne vertébrale. Il a chaud aussi, comme s'il absorbait le feu qui me brûle, et je lève mes jambes, serrant ses hanches avec mes genoux, désespéré d'avoir autant de contact que possible avec son corps.

Ma bite se tend contre ma fermeture éclair avec un besoin que je n'ai jamais ressenti auparavant, et je me frotte contre sa bite dure, toute trace d'embarras balayée par le plaisir alors qu'il rend la pareille avec un habile roulement de ses hanches.

Quoi que Roman ressente envers moi, il le veut aussi, avec une faim qui correspond à la mienne.

En me baissant, j'attrape ses fesses fermes, le poussant à avancer, désespéré d'avoir la libération que lui seul peut me donner.

Il me soulève assez loin pour que ses mains se glissent entre nous et trouve mes tétons, les pinçant entre ses doigts jusqu'à ce que mon dos se cambre. Je ne me suis jamais considéré comme un homme sensible, mais partout il touche les pulsations avec plaisir. Sa bouche quitte la mienne pour laisser des baisers chauds et humides le long de ma gorge et de ma poitrine avant qu'il ne s'accroche à mon mamelon avec ses lèvres, le suçant fort pour le tirer dans sa bouche. Je gémis et abandonne ma prise sur ses fesses pour lui poing les cheveux, ne sachant pas si je veux qu'il continue ou s'arrête.

En grognant, ses dents se referment sur mon mamelon et mes hanches s'agitent contre lui. Il me relâche, le plat de sa langue apaisant la piqûre avant de descendre plus bas, léchant une ligne chaude en mon centre. Ma bite tendue lui pousse la gorge, puis sous son menton, exigeant de l'attention, et le grondement revient, une faible vibration contre ma bite avant qu'il ne passe devant ma ceinture pour boucher ma bite à travers la barrière de mon pantalon.

Son souffle chaud et la légère pression de ses dents contre ma tête m'arrachent un gémissement, et je me dirige vers son visage, mes mains dans ses cheveux exigeant qu'il me prenne dans sa bouche.

Comprenant l'allusion, il ouvre ma ceinture et mon pantalon avant d'accrocher ses doigts dans ma ceinture, et je soulève mes hanches, désireux de me libérer du tissu restrictif.

Il retire rapidement mon pantalon, me l'enlevant ainsi que mon caleçon jusqu'à ce que je sois allongé nu sur le lit devant lui. Ma bite dure serre étroitement mon ventre, du précum s'échappe du bout, et il étale son pouce dans le liquide avant de le porter à sa bouche pour y goûter.

Lorsqu'il glisse son pouce entre ses lèvres, tout mon corps frissonne, ma bite sautant pour attirer l'attention. Voir ces lèvres charnues enroulées autour de son pouce, goûtant mon sperme, me fait imaginer sa bouche vers ma bite, me laissant sombrer dans la chaleur de sa bouche.

Ce faible grondement vient à nouveau de sa poitrine alors qu'il grogne d'approbation avant de se pencher et de saisir mes genoux, écartant mes jambes pour qu'il puisse s'installer entre eux. La position me laisse ouvert et exposé, ce n'est pas quelque chose que je suis habitué à ressentir, mais avec le feu qui me brûle, un feu que lui seul peut atténuer, je m'en fiche. Je lui montrerai tout ce qu'il veut si cela signifie sentir à nouveau son poids sur moi.

"Regarde toi." Il passe ses paumes sur mes cuisses écartées et le feu en moi brûle plus fort. « C'est comme ça que tu étais censé être. Étendez-vous sous moi.

Ses mots traversent la brume de désir qui brouille mes pensées, me rappelant que nous ne sommes pas amants, nous ne sommes même pas amis.

"Regarde bien", j'écarte les jambes, me délectant de la façon dont son regard se concentre sur ma bite dure, de la façon dont il se lèche les lèvres, avide d'un autre goût de mon sperme. Je me sens puissante en ce moment, comme si j'avais enfin le dessus sur cet homme, et je ne peux m'empêcher de le narguer. "Vous ne reverrez plus ça."

Son regard aux paupières lourdes entraîne mon corps avec le poids d'un contact physique. "Maintenant que votre Chaleur est arrivée, cela se produira chaque mois."

"Nous ne savons pas que c'est Heat", je nie alors même que mon corps brûle. «J'aurais pu être drogué.»

En réponse, il passe entre mes jambes, contournant ma bite tendue et mes couilles sensibles pour glisser ses doigts dans le pli de mes fesses. Mes hanches tremblent en réponse alors qu'il trouve mon entrée. Avec une facilité déconcertante, il me transperce et mes fesses se serrent autour de ses doigts, peu familier avec la sensation d'être rempli.

Je gémis, mes hanches roulent involontairement, voulant quelque chose de plus grand et de plus profond. Les yeux fixés sur moi, il enfonce davantage de doigts en moi, me laissant les chevaucher. Mes couilles picotent, la tension traverse mes muscles, et je gémis en signe de protestation lorsqu'il libère ses doigts, me laissant vide et désireux.

Il lève la main pour révéler ses doigts brillants. Le fluide collant recouvre également mes fesses et mes cuisses, ce qu'aucun Alpha ne produirait jamais.

« Vous êtes un Omega », dit-il, insistant sur la vérité. Il porte ses doigts à ses lèvres, léchant le liquide, et ses yeux s'assombrissent. "Mon Oméga."

Je frissonne tandis que le Commandement roule sur moi, imprimant son nom dans ma chair et le gravant dans mes os. Chaque partie de mon corps crie oui, mais je bloque les dents pour ne pas le dire. Le dire rend cela réel, et ce n'est tout simplement pas une option. Quand cette Chaleur se dissipera, Roman redeviendra mon ennemi juré, et je recommencerai à le haïr.

Le rappel s'efface cependant au fond de mon esprit, alors que Roman enlève sa veste de costume et sa chemise, révélant un corps sculpté par des années de sport et d'entraînement. La bave remplit ma bouche devant toutes les crêtes dures et les vallées profondes qu'il révèle. Pas étonnant qu'il m'ait soulevé si facilement dans l'ascenseur. Tous ces muscles font honte à mes maigres efforts, mais à la façon dont il me regarde avec avidité, il aime ce qu'il voit.

Lentement, il abaisse la fermeture éclair de son pantalon et sa queue dure se libère, les veines de son corps épais formant des crêtes et son bout rouge et brillant de pré-sperme. Me toucher l'excite, et il me regarde pendant qu'il se poings, utilisant son propre sperme pour lui lisser la bite.

Mes fesses se contractent en réponse, mes cuisses deviennent plus collantes avec mon besoin. Je n'ai jamais laissé quelqu'un entrer en moi. Ce n'est pas quelque chose que les Alphas sont censés faire, et la taille de sa queue m'effraie et m'excite à la fois. Il ne fait aucun doute qu'il envisage de me prendre, d'imprimer son corps sur le mien, et je tremble d'impatience.

Sentant mon excitation, ses narines se dilatent et sa retenue se brise. Il attrape ma taille, me tirant brutalement plus bas sur le matelas avant de pousser mes genoux vers le haut pour exposer mon entrée. Ensuite, son corps recouvre le mien, renvoyant ce délicieux poids pour me presser contre le matelas.

Il attrape un de mes bras, l'enroule autour de son dos, et je le rapproche avec impatience, ma bouche sur sa gorge tandis que je traîne son délicieux parfum dans mes poumons. Quand sa queue me pousse, toutes les pensées quittent mon esprit, à l'exception du besoin de l'avoir en moi.

Des baisers chauds parsèment mon visage. "Ouvre tes yeux. Regardez-moi."

Ne sachant pas quand je les ai fermés, je force mes yeux à ouvrir.

Son visage plane sur le mien, son regard intense. "Avez-vous déjà laissé quelqu'un faire ça auparavant ?"

Il se frotte contre moi pour insister, me narguant sans entrer.

Je gémis, mon corps vide et désespéré d'être rempli. "Non."

"Bien." Il passe entre nos corps pour saisir ma bite tendue. "Personne d'autre que moi ne te touche à partir de maintenant."

Ma bouche s'ouvre, peut-être en signe d'accord ou peut-être en signe de protestation, mais il ne me laisse pas le temps de le découvrir alors qu'il s'aligne et s'avance en avant avec un violent claquement de hanches.

Un gémissement de plaisir sort de ma gorge et je le serre plus fort alors que la sensation m'envahit. Ça devrait faire mal, je sais que ça devrait faire mal. Il y avait peu de préparation faite, pas de temps réel passé à me préparer à son invasion. Mais tout ce que je ressens, c'est du plaisir alors qu'il se retire, puis avance, me remplissant de sa bite dure.

La prochaine fois qu'il recule, je me serre autour de lui, désespéré de le garder au plus profond de moi.

En gémissant, il place mes jambes haut autour de sa taille. "C'est ça, apprends ma forme."

Il met en place un rythme régulier et dur qui me fait gémir et me tordre sous lui.

La sueur coule sur notre peau, et je lèche les gouttes de la gorge de Roman avant que sa tête ne se penche, et il capture mes lèvres, sa langue s'enfonçant pour revendiquer ma bouche de la même manière que sa queue réclame mon corps.

Sa main sur ma bite pompe rapidement et la tension monte dans mon corps. Mes couilles picotent et je serre plus fort autour de Roman, essayant de le retenir en moi. J'ai besoin de cette plénitude, besoin ? —

Il se serre contre moi, les hanches pivotent et l'orgasme me déchire. Ma bite palpite dans sa poigne serrée, le sperme jaillit sur mon ventre tandis que mes fesses se serrent et se relâchent autour de sa longueur dure.

Il m'embrasse jusqu'à l'orgasme, sa queue enfouie profondément, jusqu'à ce que je commence à me détendre sous lui, ma libération me laissant étourdie. Je n'ai jamais éprouvé un plaisir aussi intense auparavant, ni un besoin aussi désespéré d'être avec quelqu'un. Le feu qui a brûlé dans mon corps reste maintenant à feu doux, atténué pour le moment, mais prêt à reprendre vie au moindre contact.

La bouche quittant la mienne, Roman se lève de mes bras pour s'asseoir sur ses talons. Ses mains se déplacent vers mes hanches, massant mes muscles tremblants, avant qu'il ne me serre fort et ne se retire lentement de mon corps. Sa queue se libère, toujours dure et maintenant brillante de ma libération. Je le regarde, submergé par la façon dont il s'intègre parfaitement dans mon corps, et la fièvre dans mon corps reprend vie.

Peu importe que je viens juste d'arriver, que je ne devrais pas pouvoir bander à nouveau si vite. Le sang afflue vers ma bite en une séquence brûlante de fièvre.

Sans un mot, il me roule sur le ventre et écarte à nouveau mes jambes. Instinctivement, je me mets à genoux, suivant la direction des mains sur mes hanches jusqu'à ce que sa bite dure me pousse à l'entrée. Son emprise sur mes hanches se resserre et il me tire en arrière pour me frapper une fois de plus, ses fortes poussées secouant le lit.

Je suis sa direction, repoussant ses poussées tandis que j'incline mes fesses pour un meilleur angle. Mes mains s'aplatissent contre la tête de lit, offrant moins de souplesse, alors mon corps l'emmène plus profondément, et mes gémissements remplissent la pièce, noyant le claquement de chair contre chair et le son humide de nos corps qui se rapprochent.

La deuxième fois que je viens, il ne s'arrête même pas, ses poussées faisant durer l'orgasme alors que mon corps s'agrippe désespérément à lui.

Quand mes jambes lâchent après la troisième fois, son poids recouvre mon dos, sa queue s'enfonce régulièrement dans mon cul.

Sa voix enfumée remplit mon oreille de mots mielleux. Ce qu'il dit se perd dans le brouillard de fièvre, mais mon corps comprend et j'incline la tête en signe d'acceptation.

Il me caresse le côté, une main retombant sur ma hanche tandis que l'autre se lève jusqu'à mon cou, écartant les courtes mèches noires de cheveux pour révéler ma nuque vulnérable.

"Mon Omega", grogne-t-il, me faisant frissonner un instant avant que ses dents ne s'enfoncent dans ma chair, brisant la peau pour laisser une marque durable.

Mon orgasme final m'arrache dans un cri de plaisir, mes fesses se bousculent contre lui avec demande, et sa queue palpite, me remplissant enfin de suffisamment de sperme pour éteindre le feu.

Chapitre 6

Je me réveille quelque temps plus tard, la fièvre brûlant à nouveau sous ma peau.

Après notre premier rapport sexuel, j'étais trop épuisé pour bouger, et Roman m'avait bordé sous les couvertures et éteint les lumières. Avec les rideaux occultants bien serrés, seul le faible scintillement de la bougie dans l'entrée laisse échapper la lumière.

Le désir obscurcit à nouveau mes pensées et je me retourne, tendant la main, pour trouver Roman se dirigeant déjà vers moi, son corps me repoussant contre le matelas. Sans avoir besoin de mots, j'enroule mes jambes autour de sa taille, ma bouche cherchant la sienne dans la pénombre. Il y a moins d'urgence cette fois lorsque sa bite dure glisse en moi, nos corps se balancent doucement jusqu'à ce que je me tende autour de lui, mes muscles intérieurs se pressent et se relâchent, et il se raidit, son sperme me remplissant pour soulager la fièvre.

Nous nous rendormons toujours ensemble, puis nous nous réveillons pour répéter le processus.

Quand on ne dort pas, on baise, Roman toujours là et prêt à apaiser le besoin de mon corps.

Le temps passe dans une brume de plaisir et de désir, jusqu'à la dernière fois que je me réveille et que mes pensées sont claires.

Je cligne des yeux pour me concentrer sur la pièce, mon nez se contractant au parfum médicinal de la bougie qui brûle toujours dans le couloir. Je me souviens vaguement de Roman qui s'est levé pour en allumer un nouveau à plusieurs reprises, revenant généralement avec de l'eau qu'il m'a persuadée de boire avant que la fièvre ne reprenne le contrôle, et je l'ai ramené au lit.

Au rappel, tout mon corps palpite d'une douleur sourde qui se concentre principalement sur mes hanches et la nuque. Je lève une main, appuyant sur la douleur tandis que je trace les marques de l'anneau de dents. Des croûtes grattent le bout de mes doigts et je réalise que Roman m'a marqué comme étant le sien. J'ai entendu des histoires d'Alphas dépassés par le besoin de revendiquer leurs partenaires, les marquant ainsi contre tous les autres Alphas. Je n'en avais jamais ressenti le besoin avec mes petits amis, et maintenant je sais pourquoi.

Je suis un Oméga.

Cette connaissance me traverse, mon esprit ayant du mal à accepter ce nouveau statut même après avoir vécu mon premier Heat. Il n'y a pas eu d'Omega dans la lignée familiale Heardst depuis plus de cinq générations. Ils sont fiers d'élever des Alphas.

Mon ventre se serre d'appréhension. Cette nouvelle va changer les projets de ma mère, mais pas dans le bon sens. Évidemment, on ne peut plus s'attendre à ce que je me marie avec Herold. Il n'y a aucun avantage pour ma famille à ce qu'un Omega épouse un autre Omega. Mais étant capable de me reproduire... Je peux pratiquement sentir les signes dollar imprimés sur mon cul maintenant.

Il n'y a pas beaucoup d'Oméga dans la société aisée, et encore moins d'Oméga masculins. Avec les limites d'un Omega au travail, ainsi que le charisme naturel et le pouvoir de commandement d'un Alpha, les riches ont tendance à être lourds en Alpha, ce qui signifie épouser d'autres Alphas ou rechercher des Omegas en dehors de la classe supérieure.

En tant qu'homme Omega issu d'une famille de la classe supérieure, Mère aura le choix de la société gay pour me marier. Peu importe que nous soyons fauchés. Un mariage Omega-Alpha donne toujours naissance à des enfants Alpha ou Omega, sans risque qu'un bébé Beta brouille les pistes. La seule chose qui la ralentira, c'est de devoir attendre la fin de mon prochain Heat avant de pouvoir commencer à interviewer des conjoints potentiels.

J'appuie plus fort sur la marque sur mon cou. Il y restera jusqu'à mon prochain Heat comme protection contre d'autres Alphas qui pourraient vouloir me voler à Roman. Mais à moins qu'il ne me marque à nouveau, cela disparaîtra, me laissant libre pour que mes phéromones attirent un nouveau partenaire. Three Marks et moi serons liés à Roman pour la vie.

Ma poitrine se serre à cette pensée, mais je repousse tous mes sentiments à ce sujet. Ce qui s'est passé ici ne change pas ce que nous ressentons l'un pour l'autre, même si il m'a traité avec tendresse. Roman ne me marquera plus. Il ne l'a fait cette fois que parce que mes phéromones ont appuyé sur tous ses boutons Alpha.

Je me sens coupable, mais vraiment, comment étais-je censé le savoir ? Les Omégas et les Alphas arrivent généralement à maturité à la puberté, et c'était il y a une demi-vie pour moi. J'ai besoin de consulter un médecin et de découvrir pourquoi il a fallu si longtemps pour que ma vraie nature se manifeste. Et j'ai besoin de me procurer des suppresseurs pour que quelque chose comme ça ne se reproduise plus.

Les petites pilules bleues et rouges sont une aubaine pour les Omégas, car elles contribuent à réduire les effets des phéromones qu'ils libèrent à l'approche de leur Chaleur. Avant leur existence, le viol était un problème majeur dans la société et les Omegas avaient souvent du mal à trouver un emploi car personne ne voulait risquer un incident sur le lieu de travail.

Alors que je me souviens de l'ivrogne dans la salle de bain, la nausée me traverse à cause de ce qui a failli se produire. Dieu merci, Roman est intervenu quand il l'a fait. Il n'est pas le connard complet que j'ai toujours pensé qu'il était, et je me sens mal de l'avoir entraîné à contrecœur dans ce problème. Il aurait pu me laisser à mon sort, mais il est intervenu et a été submergé par mes phéromones.

La honte ajoute à la culpabilité quand je me souviens de la façon dont il a tenté de résister, demandant même d'envoyer des agents d'urgence dans sa chambre. J'étais trop stupide pour les accepter, le forçant à utiliser son corps pour soulager ma Chaleur.

Mon Dieu, comment vais-je lui faire face après l'avoir forcé à me servir comme un étalon ?

Le lit bouge derrière moi et, paniqué, je ferme rapidement les yeux, faisant semblant de dormir encore.

Une main chaude effleure mon front, puis la nuque, et je fais en sorte que mon pouls reste stable, que ma respiration reste normale.

Est-ce qu'il vérifie si ma fièvre est revenue ? Pour voir s'il a besoin de me laisser utiliser à nouveau sa bite pour apaiser mon besoin ?

Ses doigts s'attardent sur la Marque qu'il a laissée, traçant doucement le cercle approximatif.

Est-ce qu'il le regrette ? Bien sûr, il l'est. Pourquoi pas ? Il ne veut pas plus se lier à moi que je ne veux être lié. Au moins, ce n'est que la première fois. Tant que nous nous évitons, cela ne se reproduira plus.

Après un moment, son contact disparaît et le matelas s'enfonce alors qu'il se retourne sur le côté, puis se lève et quitte complètement le lit.

Je continue de faire semblant de dormir jusqu'à ce que la porte de la salle de bain se ferme et que le bruit de la douche s'échappe. Ensuite, je sors du lit et trouve mes vêtements, les enfilant tout en gardant un œil sur la porte de la salle de bain. Mon cœur s'emballe, m'attendant à ce que Roman surgisse à tout moment. Je ne veux pas avoir cette conversation gênante du lendemain où il me laisse tomber gentiment. Je sais déjà où j'en suis avec lui ; Je n'ai pas besoin de l'entendre l'expliquer.

Il a eu la gentillesse de rester avec moi lors de ma première Heat ; le moins que je puisse faire est de faciliter les choses pour nous deux en restant hors de sa vue maintenant. Il ne sera pas difficile de s'éviter après aujourd'hui. La seule fois où nos chemins se croisent, c'est dans ma boutique quand il s'arrête pour prendre le thé, et bientôt, ce sera fini.

En me dirigeant vers la porte, j'aperçois un bloc-notes sur le petit bureau fourni par la pièce et la culpabilité m'envahit une fois de plus. Je serais un connard de ne pas au moins reconnaître comment il m'a aidé.

En faisant une pause, je griffonne une note rapide et la pose à côté du téléphone portable que Roman a laissé sur la table avant de sortir de là.

La semaine suivante, je me perds dans le travail pour ne pas penser au temps que j'ai passé avec Roman.

Lorsque j'ai payé la chambre d'hôtel en sortant – un autre merci à Roman d'avoir pris soin de moi – j'ai été choqué de réaliser que trois jours s'étaient écoulés depuis la vente aux enchères caritative. Je suis arrivé à la maison avec des appels inquiets de mes employés et un message furieux de ma mère sur la façon dont j'avais abandonné Herold et ruiné ses plans minutieux. Elle n'a pas tardé à m'informer que le salon de thé avait déjà été vendu et que je devais faire mes valises et me préparer à rentrer chez moi.

Elle est déjà à la recherche d'un autre fiancé riche pour moi, et je n'ai pas eu le courage de lui parler de mon nouveau statut Omega.

Je me suis rendu chez un médecin et j'ai rempli une ordonnance de médicaments anti-inflammatoires. Il avait expliqué qu'il était rare, mais pas rare, qu'un Omega mûrisse plus tard dans la vie, et que ma ferme conviction que j'étais un Alpha aidait probablement à supprimer ma Chaleur. Il m'a également demandé si j'avais rencontré un Alpha particulièrement fort qui aurait pu déclencher le changement, une sorte de façon pour mon corps de m'alerter de la présence d'un bon partenaire.

Quand j'ai admis que j'étais entré dans Heat avec Roman et que nous avions eu une tonne de relations sexuelles non protégées, le médecin n'a pas tardé à prélever un échantillon de sang, qui s'est révélé négatif pour une grossesse.

Mon soulagement avait presque suffi à masquer le pincement au cœur de déception apporté par la nouvelle. Je me suis dit que je ne voulais pas être enceinte, surtout pas du bébé de Roman. Peu importe à quel point notre temps ensemble remplissait mes pensées, il ne voulait pas de moi pour de vrai. Tout ce qui s'est passé était dû à mes nouvelles phéromones, et maintenant que j'ai des suppresseurs, cela ne se reproduira plus. Pas avec Roman, ni avec aucun autre Alpha dont je croise le chemin.

Je m'arrête pendant que je charge les cookies sur un plateau pour accrocher un doigt sous mon nouveau protège-nuque et l'éloigner de ma gorge. Ce n'est que le troisième jour que je le porte, et ce foutu truc a toujours l'impression qu'il m'étouffe. Je l'ai acheté sur recommandation de mon médecin par mesure de précaution contre de futurs marquages imprévus. Non pas que j'aie l'intention de coucher avec qui que ce soit. J'ai tout simplement trop de choses à comprendre en ce moment, et le protège-nuque supprime un problème de ma liste accablante.

La porte de la cuisine s'ouvre brusquement alors que Mia passe la tête et je relève rapidement mon cou de tortue. Je n'ai parlé à personne de mon nouveau statut et le protège-nuque est un révélateur. Je suis juste contente que nous entrions dans la saison froide, où un col roulé ne semble pas déplacé.

« Patron, vous-savez-qui est là », murmure-t-elle.

Fixant mon attention sur les cookies, j'acquiesce en signe de reconnaissance.

Son regard inquiet me brûle le dos, mais elle ne me demande pas pourquoi je fais autant d'efforts pour ignorer Roman. "Je vous ferai savoir quand vous pourrez sortir en toute sécurité."

J'acquiesce à nouveau et j'entends la porte se fermer une fois de plus.

Je m'attendais à ce que Roman arrête ses visites matinales après l'incident, mais il continue d'arriver comme sur des roulettes. Au moins, son emploi du temps cohérent lui permet d'éviter facilement d'être sur le terrain lorsqu'il est ici.

Alors que je glisse le plateau de biscuits dans le four, ma poche vibre et je ferme la porte du four avant de la déterrer. L'écran affiche le téléphone de la maison et je refuse presque, mais je ne peux pas éviter ma mère pour toujours

En soupirant, j'appuie sur le bouton d'acceptation et je porte le téléphone à mon oreille. "Oui mère?"

Sa voix vive remplit la réplique. "Oh, bien, tu as répondu."

Je résiste à l'envie de soupirer à nouveau. Elle sait que je suis au travail en ce moment, mais elle pense à tort qu'en tant que propriétaire, je devrais être disponible chaque fois qu'elle a besoin de moi. "Que puis-je faire pour vous?"

« Votre présence est requise samedi pour le déjeuner. Le futur de Katheryn viendra à la maison et j'aimerais que toute la famille soit là pour le rencontrer.

Je ferme les yeux de frustration. "Je travaille samedi."

"Alors réorganise ton emploi du temps", dit-elle sèchement. « Vous me devez bien cela après la façon dont vous avez horriblement traité Herold. J'ai dû lui envoyer un cadeau d'excuses, ainsi qu'à son père, et vous savez que nous ne pouvons pas nous permettre une telle extravagance dans notre situation actuelle.

Non, mais elle peut, d'une manière ou d'une autre, se permettre de continuer à payer le loyer exorbitant du penthouse de Katheryn et les déjeuners coûteux auxquels elle participe quotidiennement.

Parfois, je me demande si je suis vraiment son fils, car je ne me suis jamais senti à l'aise de jeter de l'argent par les fenêtres avec son niveau d'abandon. Mon adoption expliquerait certainement comment je suis devenu un Omega. Dommage que je sois son portrait craché sous forme masculine. Sa génétique a complètement effacé celle de mon père en ce qui concerne leurs enfants.

Sachant que je n'y échapperai pas sans combattre, je démissionne. "Quelle heure?"

« Deux heures pile. Ne sois pas en retard. La ligne se tait et j'éloigne le téléphone de ma tête pour trouver l'écran désormais vide.

Apparemment, les subtilités sociales sont réservées aux non-membres de la famille.

En ouvrant mon application de calendrier, je me suis fixé un rappel.

Après tout, je ne voudrais pas être en retard pour rencontrer mon futur beau-frère. J'espère juste que le pauvre gars pourra mieux survivre que moi aux forces combinées de ma sœur et de ma mère.

Chapitre 7

Samedi arrive avec une lettre du nouveau propriétaire du salon de thé, m'informant qu'ils viendront lundi pour vérifier l'espace.

Je ne reconnais pas le nom de l'entreprise sur le papier à en-tête et je fais une recherche rapide sur Internet, croisant les doigts pour savoir que c'est peut-être une entreprise qui s'intéresse au moins au thé. Mais la seule chose qu'Internet récupère, c'est une licence commerciale et un emplacement. Ils sont locaux et trop nouveaux pour que je puisse espérer.

Ils sont probablement comme moi il y a cinq ans, fraîchement sortis de l'université et désireux d'imprimer leur marque sur le monde en ouvrant un petit magasin. La probabilité qu'ils le gardent comme salon de thé est mince.

J'ouvre le magasin le cœur lourd. Ce week-end sera peut-être notre dernier, et j'en manquerai une partie à cause du désir stupide de ma mère de prétendre que nous sommes une famille unie.

À huit heures moins cinq, je reçois un appel désespéré de Steve, s'excusant que sa voiture soit en panne et qu'il sera en retard. J'essaie d'apaiser son inquiétude tandis qu'intérieurement, je commence à paniquer. Roman passe toujours de huit heures trente à neuf heures, et j'ai réussi à éviter cette gêne jusqu'à présent. Tout ce que je peux espérer, c'est une ruée de clients qui me tiendra trop occupé pour lui parler.

La ruée des clients arrive, à mon grand soulagement, mais pas Roman, et je trouve mes yeux dériver plus d'une fois vers sa table habituelle, pour voir si j'ai raté son entrée. Dans le passé, lorsque Roman prévoyait de ne pas lui rendre visite, il faisait toujours des commentaires désinvoltes sur le fait de quitter la ville pendant une semaine. À l'époque, j'avais toujours eu l'impression de me vanter, mais maintenant je réalise à quel point j'en suis venu à m'attendre à nos brèves interactions, et ne pas les avoir maintenant me met sur les nerfs.

Quand Steve arrive à dix heures, je le laisse prendre le relais au comptoir pendant que je réapprovisionne la caisse de pâtisseries.

Entre deux clients, il me rejoint, la voix basse. "Je suis désolé de ne pas être là ce matin."

"Ce n'est pas un problème." Je glisse les pâtisseries au fond du plateau pour charger les fraîches devant. "Je peux gérer les lieux seul pendant quelques heures."

Sa voix descend encore plus bas. « Savez-vous-qui a causé des problèmes ?

Mes lèvres se contractent avec un sourire involontaire. « Vous pouvez dire son nom, les gars. Cela ne me fera pas de mal.

Les yeux de Steve se tournent vers la table à laquelle Roman est habituellement assis. « Est-ce qu'il... Vous vous battez ? Ou est-ce qu'il t'a fait quelque chose ? Puis ses yeux reviennent vers moi et il rougit. « Ce n'est pas ce que tu as à dire. C'est juste... Mia est inquiète. S'il vous dérange, nous pouvons le bannir du magasin.

Leur inquiétude me remplit de chaleur. « Non, nous ne nous sommes pas battus. Les choses sont tout simplement compliquées en ce moment.

L'attention de Steve se déplace vers ma gorge et son rougissement s'accentue. "Tu n'avais pas l'habitude de porter... ça." Il tapote le côté de son cou au cas où je raterais de quoi il parle, et je tire mon cou roulé un peu plus haut. « Nous ne savions pas que vous étiez un Omega. Nous aurions pu mieux vous soutenir. Nous sommes amis, tu sais. Vous pouvez compter davantage sur nous.

Les yeux piquants, je détourne le regard en retenant mes larmes. Je n'avais pas réalisé qu'ils pensaient à moi comme ça. Je veux dire, nous nous entendons bien, et j'en sais plus sur leur vie que sur ma propre famille, mais je suis aussi leur patron, et j'ai toujours pensé que cela mettait un mur entre nous. Mais peut-être que tout cela était dans ma tête. C'était dommage que je venais tout juste de le découvrir alors que j'étais sur le point de perdre mon magasin.

La main de Steve touche timidement mon dos. « Donc, si Roman a profité de toi, nous te soutenons, d'accord ? Nous veillerons à ce qu'il ne revienne plus ici.

Paniqué par l'endroit où se trouvent ses pensées, je me tourne vers lui. "Non, ce n'est pas ce qui s'est passé." Je tends la main pour me frotter le cou et mes doigts heurtent le protège-nuque. « C'est plutôt l'inverse. Et les choses sont gênantes maintenant parce que... »

« Vous êtes amis et être amants est trop bizarre ? Steve devine.

Mes lèvres s'entrouvrent de surprise. "Nous ne sommes pas amis."

Les sourcils de Steve se rejoignent avec confusion. "Vous n'êtes pas?" Il jette à nouveau un coup d'œil à la table vide. «Mais il vient tous les jours. Vous avez même une table qui lui est réservée. Et quand tu n'es pas là, il te demande toujours comment tu vas.

Maintenant, c'est à mon tour d'être confus. "Il fait?"

Steve hoche lentement la tête. "Ouais. Il demande aussi de vos nouvelles depuis une semaine. Mia a été courte avec lui, bien sûr, mais il demande quand même.

Je passe une main sur mon visage. « Désolé de vous avoir mis au milieu de tout ça. Je vais arrêter d'être un lâche et lui parler.

Steve me tapote l'épaule en signe de sympathie. « Plus vous attendez, plus cela devient gênant. Si vous ne voulez pas être amants, soyez ferme à ce sujet et, s'il est un bon ami, il l'acceptera et passera à autre chose.

Je lui lance un regard évaluateur. "On dirait que vous parlez d'expérience."

« Hé, ce n'est pas parce que je suis un bêta que je n'ai pas vécu des moments difficiles dans mes relations. Aimer quelqu'un est compliqué, peu importe ce que l'on est. Un client entre et se dirige droit vers le comptoir, et Steve me serre l'épaule une dernière fois. "Je suis là pour vous écouter si vous avez besoin de quelqu'un à qui vous plaindre de vos relations."

"J'apprécie ça." Fermant la caisse à pâtisserie, je ramène le plateau à la cuisine, mes pensées tourbillonnant d'incertitude.

Roman et moi pouvons-nous être amis ? Nous sommes adultes maintenant, et toutes mes raisons pour ne pas l'aimer sont enracinées dans ce que nous étions lorsque nous étions enfants. Je ne suis plus la même personne qu'à l'époque, et après la façon dont Roman s'est occupé de moi lors de la vente aux enchères, je ne suis plus sûre non plus qu'il soit la même personne. Même si nous ne sommes pas amoureux, nous pourrions être quelque chose.

Il m'avait demandé de se retrouver après le travail. Peut-être qu'il veut essayer d'être amis aussi ?

Demain, j'aurai le courage d'être par terre quand il viendra prendre son thé du matin. S'il ne me rejette pas catégoriquement sur-le-champ, je verrai s'il veut dîner ou quelque chose du genre.

Quel est le pire qui puisse arriver, n'est-ce pas ?

Je vérifie une fois de plus mon reflet dans le petit rétroviseur, m'assurant que mon col roulé recouvre le protège-nuque et ajustant le col de la veste de sport que j'ai enfilée après avoir quitté le salon de thé. Cela aide à habiller les pantalons que je portais tout en gardant ma tenue décontractée. Je n'ai aucune idée de la famille avec laquelle ma mère a négocié pour épouser ma sœur, mais ma tenue devrait convenir à un déjeuner décontracté.

L'horloge sur le tableau de bord m'indique que je suis en avance de quinze minutes, donc à l'heure pour maman.

Un rapide passage de mes doigts dans mes cheveux noirs les redresse et je sors de ma voiture. Je l'ai garé à l'arrière de la maison pour que ce ne soit pas une nuisance pour notre invité. Ce vieux truc me manquera quand il aura disparu, car je suis sûr qu'il figure sur la liste de Mère des choses à détruire dans ma vie. Elle veut que je conduise cette ridicule Bentley qui est restée négligée dans le garage ces trois dernières années.

Une voiture digne d'une Heardst, avait-elle dit. Elle voulait me donner un chauffeur pour l'accompagner, mais j'ai catégoriquement refusé toute l'installation. J'habite dans le quartier historique de Rockhaven, à quelques pas du salon de thé et du marché local. Je n'ai pas besoin d'une voiture de luxe avec chauffeur.

Mais cela changera si je rentre chez moi.

Mes pas ralentissent tandis que je sors mon téléphone portable de ma poche et vérifie les messages. J'étais tombé en panne et j'avais appelé mon père dans l'espoir qu'il me laisserait rester avec lui et sa nouvelle épouse jusqu'à ce que je puisse trouver un autre travail et un nouvel endroit où vivre. Mais pour l'instant, il n'a pas répondu à mon appel. Je ne devrais pas trop espérer. Lorsqu'il a quitté ma mère, il a rompu les liens avec la famille Heardst, qui comprenait ses enfants.

La porte arrière s'ouvre avant que je l'atteigne, et je lève les yeux avec surprise pour trouver le majordome qui m'attend. Il a dû me voir reculer. Il est trop bien pour cette maison, et je ne serais pas surpris s'il trouve bientôt un poste ailleurs, dans une famille qui prendra la peine de se souvenir de son nom.

"Merci, Stirling", dis-je en entrant. « Notre invité est-il arrivé ?

"Pas encore, maître Heardst." Il fait un geste vers la devanture de la maison. "Madame et Miss Katheryn attendent dans le salon bleu."

"Merci." Je me dirige vers le couloir, passe devant la salle à manger formelle et la petite salle de bal jusqu'à un salon à l'avant de la maison.

Le salon bleu doit son nom au papier peint bleu pâle qui recouvre la pièce. De lourds rideaux damassés bleu foncé encadrent de hautes fenêtres qui donnent sur une cour latérale, et les canapés antiques sont confectionnés dans le même tissu bleu foncé. La table basse en verre et or au centre de la pièce abrite une théière en porcelaine blanche avec de petites fleurs bleues. Mère et Katheryn portent toutes deux des robes bleu pâle qui ressortent du canapé et accentuent leurs longs cheveux noirs.

Mère fronce les sourcils devant mon blazer vert et regarde le majordome. "Archibald, s'il te plaît, va chercher à mon fils une des vestes bleues de la maison dans la suite des invités du rez-de-chaussée."

"Je ne pense pas que le fait de ne pas assortir les meubles rebutera le prétendant de Katheryn, Mère", dis-je.

Elle lève le nez en reniflant. "Nous sommes une famille; nous devrions en ressembler.

Personne qui nous regarde ne remettra en question notre lien de parenté, mais je me tais. Si changer de veste peut la rendre heureuse, ce n'est pas pour rien.

Je me tourne vers Stirling. « Je vais chercher la veste. Notre invité sera bientôt là et nous ne voulons pas qu'il attende sur le pas de la porte.

«Brosse-toi les cheveux pendant que tu y es», appelle Mère. "Tu ressembles à un vagabond."

Levant la main pour lui faire savoir que j'ai entendu, je retourne dans le couloir et tourne à droite dans la salle de bal, où un ensemble de quatre mini-suites offrent aux invités ivres un endroit pour se dégriser après avoir trop fait la fête. Les placards sont remplis de vêtements divers afin que ceux qui restent chez eux n'aient pas à rentrer chez eux le lendemain dans leur tenue de fête.

Je trouve une veste bleue à ma taille et l'échange contre ma verte. Le col est plus plat que celui dans lequel je suis arrivé, mais le col roulé arrive jusqu'à mon menton. Si je regarde de près, je distingue le contour de mon protège-nuque sous le tissu, mais personne ne le cherchera. C'est plus évident à l'arrière, où la bande de cuir s'élargit jusqu'à la taille de ma paume pour soutenir un mince disque métallique qui recouvre complètement ma nuque. Le site Web sur lequel je l'ai commandé garantissait qu'il était résistant aux morsures et inviolable, avec un verrou à l'arrière pour lequel je n'ai que le code.

J'ai peut-être exagéré un peu en l'achetant, mais je n'avais pas réfléchi clairement. J'étais dans l'état d'esprit paniqué Oh mon Dieu, je suis un oméga et j'ai besoin de me protéger.

Après avoir vérifié à nouveau que mes cheveux vont bien, je retourne vers le salon bleu.

Des murmures s'échappent avec une voix plus grave mêlée aux tons aigus de ma mère et de ma sœur. On dirait que notre invité est arrivé et j'ai réussi à être en retard malgré tous mes efforts.

Je colle un sourire sur mon visage alors que je me tourne vers la pièce, mes yeux se déplaçant automatiquement vers le canapé en face de ma famille.

Des yeux bleus froids croisent les miens et je fais un pas en trébuchant alors que Roman se lève.

Paniqué, je jette un coup d'œil à ma mère et à ma sœur pour évaluer leur réaction. Roman en a-t-il eu assez que je l'évite au salon de thé et a-t-il décidé de venir directement à la source ? Mais comment saurait-il que j'étais ici aujourd'hui ? Cependant, je ne lui ai jamais dit que je n'habitais pas dans la maison familiale. Il était venu ici plus d'une fois au lycée, comme beaucoup de nos camarades de classe, donc il savait où me trouver.

Ma mère lève les sourcils avec curiosité et je me tourne vers Roman, désespéré de désamorcer la situation le plus rapidement possible. "Roman, qu'est-ce que tu fais ici ?"

Ses lèvres s'entrouvrent, mais ma mère l'interrompt avant qu'il puisse répondre. « Ne soyez pas impoli avec notre invité, Warren. Dépêchez-vous et servez du thé à tout le monde pour que nous puissions nous mettre au travail.

Les lèvres engourdies, je me retourne vers elle. "Entreprise ?"

Elle fait un geste impatient pour désigner Katheryn. "Oui bien sûr. Roman est ici pour discuter de ses fiançailles avec votre sœur.

Chapitre 8

Alors que le sol tombe sous moi, la main de Roman sur mon bras me guide vers le canapé. Je m'assois lourdement, les oreilles bourdonnant des paroles de ma mère.

Roman est l'homme qu'elle a incité à épouser ma sœur ? Comment est-ce possible? Puis, une froide prise de conscience me frappe et je me retourne pour lui lancer un regard accusateur. Il devait être au courant avant la vente aux enchères, mais il n'avait rien dit.

Mon Dieu, à quel point pourrais-je être stupide ?

Sa main se lève vers moi, mais je recule aussi loin que le canapé le permet, évitant son contact. Je pensais juste qu'on pourrait être amis. Stupide, stupide moi. Nous serons bientôt plus que des amis ; nous serons frères.

« Mon Dieu, Warren, qu'est-ce qui ne va pas chez toi ? » Mère se lève elle-même pour verser le thé et distribue les tasses. « D'abord cette affaire de vente aux enchères, et maintenant vous êtes impoli envers notre invité. Je m'excuse, Roman. Je ne sais pas ce qui est arrivé à mon fils ces derniers temps.

Romain. Roman est tombé amoureux de son fils. Plusieurs fois. Dans toutes les positions imaginables.

Je réprime le rire hystérique qui bouillonne dans ma gorge et saisis la petite tasse de thé que je tiens pour me ancrer dans la réalité. Une réalité où Roman va épouser ma sœur.

Roman prend sa tasse mais se lève aussitôt pour la reposer sur la table basse. Lorsqu'il se réinstalle sur le canapé, il prend le coussin du milieu, sa jambe appuyée contre la mienne. « Oui, nous parlions justement de cette affaire de fiançailles. Comme je l'ai dit, il semble y avoir eu un malentendu.

"Est-ce l'addendum?" Mère s'assoit à côté de Katheryn et pose une main sur son genou. « Vous pouvez sûrement comprendre les conséquences néfastes de la grossesse sur une personne, à la fois mentalement et physiquement. Une allocation mensuelle supplémentaire n'est rien comparée à la joie d'être parent.»

Katheryn hoche la tête en s'appuyant sur le canapé. Elle porte délicatement une main à son ventre comme si elle pouvait déjà imaginer la multitude d'enfants qu'elle aura avec Roman.

Un nœud aigre se forme dans mon estomac et je serre plus fort ma tasse de thé, m'efforçant de ne pas vomir. Cela ne peut pas arriver. Je ne veux pas être ici pendant qu'ils marchandent sur le prix des bébés.

"Je ne dirais pas que dix mille par mois et par enfant sont une bagatelle." Roman lève la main pour arrêter sa protestation. "Mais je ne vais pas discuter de cela."

Un sourire satisfait se dessine sur le visage de ma mère. "Je suis tellement contente que vous voyiez notre point de vue."

Roman fronce les sourcils et me regarde. "Je crains d'avoir un problème beaucoup plus important avec cette proposition."

« Ce n'est sûrement pas un problème si grave que nous ne puissions pas le résoudre. Après tout, vous êtes venu aujourd'hui, ce qui signifie que vous êtes prêt à négocier. Elle lève sa tasse, prend une petite gorgée, avant que son nez ne se plisse, et la pose. "Mon Dieu, Warren, si c'est une représentation du thé que vous vendez, il n'est pas étonnant que votre entreprise fasse faillite."

Fronçant les sourcils, je prends une gorgée de thé et le recrache aussitôt dans la tasse. L'huile de coco recouvre ma langue, accompagnée de sucre sucré et collant et d'un goût irrésistible de menthe poivrée. Rapidement, je me penche en avant pour poser la tasse sur la table basse. « Ce n'est pas du thé. C'est le gommage au sucre que j'ai donné à Katheryn.

"Vraiment, vous devriez mieux étiqueter ces choses." Mère prend la tasse que Katheryn tient et crie : « Archibald, s'il te plaît, apporte de la limonade pour notre invité. »

"Je ne savais pas que vous envisagez de vous développer." Roman me fait un sourire chaleureux. « Est-ce que ce sont juste des gommages au sucre, ou avez-vous prévu toute une ligne ? »

"Il s'agirait d'une ligne de spa naturelle." Je secoue la tête. « Mais cela n'a pas d'importance. Ca ne va pas arriver."

Il se penche plus près, sa voix enfumée baissée juste pour moi. "Ne sois pas si prêt à abandonner."

Bien sûr, c'est à ce moment-là que ma mémoire décide de rappeler toutes les autres fois où cette voix enfumée a rempli mon oreille récemment alors que Roman s'enfonçait dans mon corps, ses mots mielleux me remplissant d'idées stupides.

Comme si son esprit allait au même endroit, Roman se penche en arrière, les bras écartés sur le dossier du canapé. Hors de vue des autres, ses doigts effleurent le col de mon col roulé, soulevant la chair de poule sur tout mon corps. Ce n'est cependant pas le moment de lui faire bander, et j'enfonce subtilement mon coude dans son côté pour le faire arrêter.

Il m'ignore pour se concentrer sur ma mère. "De retour aux affaires. Lorsque votre proposition est arrivée pour la première fois, j'ai accepté de l'examiner parce que j'avais l'impression que mes préférences étaient claires.

Les lèvres de ma mère sont pincées. "Je peux vous assurer que Katheryn est tout à fait capable de porter des enfants Alpha."

Roman lève sa main libre pour l'écarter tandis que son autre main se glisse sous le col de mon col roulé. J'essaie de m'éloigner, mais il persiste, et lorsqu'il rencontre le protège-nuque, son doigt glisse également en dessous, traçant la marque toujours sur mon cou. «Je parle de mes préférences sexuelles, Mme Heardst. Je n'ai jamais caché le fait que je suis gay et que toute personne que j'épouserais devrait bien sûr être un homme.

Les yeux de ma mère se plissent alors qu'ils se déplacent entre nous, mais Roman continue avant qu'elle puisse parler. "J'ai été agréablement surpris que la famille Heardst cherchait à s'unir avec ma famille, j'ai donc été plutôt choqué lorsque j'ai croisé Warren à la vente aux enchères caritative de Wellington, sortant avec quelqu'un d'autre."

Mon pouls s'accélère, la nausée que j'avais ressentie plus tôt étant repoussée par autre chose.

Katheryn se penche en avant, toute trace de sa délicate façade disparaissant. « Êtes-vous en train de dire que vous pensiez accepter une proposition de Warren ?

Le doigt de Roman continue de caresser sa marque. "En effet, je l'ai fait."

"Mais c'est un Alpha." Katheryn me montre du doigt d'un air accusateur. "Il ne peut pas vous donner d'héritiers comme je le peux."

"C'est un sujet entre Warren et moi." Le pouce de Roman caresse mon pouls qui s'accélère. « J'aimerais discuter avec lui ?— »

"Non", le coupe la voix aiguë de ma mère. «Warren n'est pas disponible. Je suis déjà en discussion avec une autre famille qui a hâte d'aller de l'avant ?— »

L'agréable fond dans l'expression de Roman. "Annule ça."

"Vous n'avez pas votre mot à dire dans cette affaire." La mère se lève. "Si Katheryn ne vous intéresse pas, alors nous n'avons plus rien à discuter."

Roman ne bouge pas de sa place à mes côtés. "Ce n'est pas à vous de décider, et Warren m'a déjà donné sa réponse."

Choqué, je me retourne pour le regarder. Quand m'a-t-il demandé de l'épouser ?

Puis sa main se pose sur mon cou et je réalise qu'il ne parle pas de mariage. Il parle de me marquer, et la colère bouillonne dans mon sang. Il a passé tout notre temps au lycée à prouver qu'il était meilleur que moi, et maintenant il va intervenir et prendre le contrôle de ma vie juste parce que je porte sa marque ?

Repoussant sa main, je me lève et le regarde. "Je n'ai jamais accepté de t'épouser, et je ne serai certainement pas acheté avec un accord que tu concluras avec ma mère."

«Warren...»

Lorsqu'il tend la main vers ma main, je la retire d'un coup sec. « Je n'arrive pas à te croire ! Y a-t-il quelque chose qui ne va pas avec ta tête ? Est-ce que c'est toi qui gagnes enfin ?

Il se lève lentement. « Vous me rejetez ? »

« Qu'y a-t-il à rejeter ? Je lève les mains. "Tu ne me l'as même pas demandé!"

En colère maintenant lui-même, il s'approche avec un grognement sourd. "Je l'ai fait! Tu as dit oui!"

Son odeur devient plus lourde, s'enroule autour de moi, et je me presse contre sa poitrine pour mettre un espace entre nous, mais l'homme est solide comme une brique et ne bouge pas. "Tu n'as jamais demandé!"

Il attrape mon cou roulé avec un doigt et le tire vers le bas pour exposer mon protège-nuque. « Alors pourquoi protégez-vous ma Marque ? »

Respirant lourdement, je m'éloigne de lui. « C'est un garde, espèce d'idiot. Pour que cela ne se reproduise plus !

Le silence s'installe dans la pièce tandis que nous respirons lourdement. Roman a l'air prêt à me jeter à terre et à tester l'inviolabilité de mon protège-nuque, et une partie de moi veut le pousser à le faire. Ses yeux furieux se posent sur ma bouche et la chaleur monte dans mon cou, rampant vers mes joues. Au cours de ces trois jours passés ensemble, mon corps a appris à répondre à cet homme, à l'atteindre pour répondre à mes besoins.

La détermination assombrit ses yeux et il fait un pas en avant pour réduire la distance qui nous sépare.

« Arrêtez », ordonne ma mère.

Le poids du mot pèse sur Roman. Elle n'est pas une Alpha aussi forte que lui ; Je le sais à la façon dont il termine le mouvement, ne laissant qu'une largeur de main entre nous avant de se tourner vers elle. "Mes excuses pour avoir crié, Mme Heardst."

Il se retourne vers moi et pendant un instant, je pense qu'il va me tendre la main pour terminer ce qu'il a commencé.

Mais ses mains se crispent sur ses côtés. «Je pars pour aujourd'hui. Il s'agit d'une conversation censée être privée. Je te contacterai plus tard, Warren. Puis, comme s'il ne pouvait s'en empêcher, il se tourne vers ma mère. « Ma réclamation sur Warren est en vigueur pour trois semaines supplémentaires. J'espère que vous n'enfreindrez pas le Code Alpha.

Sa bouche s'ouvre sous le choc alors que Roman tourne sur ses talons et sort de la pièce à grands pas.

Restée seule avec les loups, toute l'attention se tourne vers moi et ma mère ferme la bouche avec un clic avant de demander : « Pourquoi mon fils Alpha porte-t-il un protège-nuque ? Et que voulait dire Roman quand il disait qu'il t'avait marqué ?

Chapitre 9

Résigné, je me tourne vers ma famille. Je savais que je ne pourrais pas le cacher pour toujours, mais je n'avais pas non plus prévu que mon nouveau statut se dévoile ainsi. "Donc, il s'avère que je suis un Omega."

"Impossible." Mère donne un coup de main dans les airs comme si cela allait effacer mes paroles. "Nous n'avons eu que des Alphas depuis cinq générations."

"C'est vrai. Je suis allé chez un médecin pour vérifier.

"Un petit hack, évidemment." Elle sort son téléphone portable de sa poche. «Je vais demander au Dr Holt de venir. Il peut également apporter un sédatif. J'en aurai besoin après le mal de tête que vous m'avez causé.

Avant que je puisse protester, elle sort de la pièce, le téléphone déjà collé à son oreille. J'aurais pu lui montrer mon Mark ou le paquet d'inhibiteurs que je transporte parce que je ne suis pas encore assez confiant pour savoir quand mon prochain Heat arrivera. Mais cela ne me dérange pas. Elle ne croira pas que je suis un Omega tant que son propre peuple ne le confirmera pas.

En soupirant, je m'installe sur le canapé et l'odeur de Roman m'entoure, me picotant les sens. Il n'est pas resté là longtemps, mais des traces de bergamote et d'épices persistent dans l'air. Cela me donne envie de courir après lui, de l'entraîner jusqu'au lit où nous pouvons simplement laisser notre corps parler.

D'après la façon dont il s'est comporté, il me veut toujours, ce à quoi je ne m'attendais pas sans que mon Heat soit impliqué. Bon sang, il veut même m'épouser ? Je passe mes mains sur mon visage. Comment est-ce arrivé ? Le monde entier a été bouleversé.

Quand je me redresse, je trouve Katheryn qui me regarde depuis l'autre côté de la table basse, ses yeux noisette perspicaces. « Si Roman t'a marqué, ça veut dire que tu as déjà couché avec lui. Comment avez-vous vécu cette rencontre ? Cela a dû demander un peu de planification de votre part, pour vous mettre sur son chemin juste au moment où votre Heat est arrivé. Depuis combien de temps cela dure-t-il, d'ailleurs ? L'étiez-vous déjà en train de le baiser avant que Mère ne conclue le contrat avec M. Freely, ou avez-vous cherché Roman dans l'espoir d'échapper à ce mariage ?

La colère me brûle. «Je n'ai pas cherché à séduire Roman. Et je n'ai pas eu à me mettre sur son chemin. Je sais où il se trouve chaque jour.

Ses yeux s'écarquillent sous le choc. « Vous l'avez traqué également ? Es-tu vraiment si désespéré ?

"Quoi? Non!" Je baisse la voix alors que Stirling entre, portant un plateau avec quatre grands verres de limonade.

Nous restons silencieux pendant qu'il nettoie le service à thé et disparaît aussi doucement qu'il est venu.

Mon éducation entre en jeu et je me lève pour passer un verre à Katheryn avant d'en prendre un pour moi et de m'installer sur le canapé. Je prends une gorgée, laissant la boisson acidulée calmer ma colère avant de faire face à nouveau à ma sœur. « Non, je ne le traque pas. Roman vient tous les jours au salon de thé pour se rendre au travail.

Ses sourcils se pincent. "Mais ne travaille-t-il pas chez Markham Marketing ?"

"Pour autant que je sache." Je prends une autre gorgée de limonade. "Il n'a pas parlé de changer d'emploi."

«Ils ont construit un nouveau bureau dans les quartiers chics il y a deux ans. Votre salon de thé est loin du lieu de travail de Roman. Elle secoue la tête. "Il doit être un snob du thé pour continuer à s'écarter de son chemin."

Instable, je me concentre sur la condensation à l'extérieur de mon verre. Roman n'est vraiment pas un snob du thé. Il met tellement de miel dans son Earl Grey qu'il ne peut même pas goûter la qualité des feuilles. Il pourrait vivre la même expérience en achetant les produits pré-emballés disponibles au supermarché pour une fraction du prix.

Pourquoi ferait-il tout son possible pour continuer à fréquenter mon magasin ?

J'ai le sentiment que cela a quelque chose à voir avec les choses qu'il a dites alors que j'étais perdu dans la fièvre de mon premier Heat. Était-il possible qu'il n'ait pas simplement demandé à me contacter à l'époque, mais qu'il ait demandé quelque chose d'encore plus profond ? Mais pourquoi ? Il n'a jamais été gentil avec moi.

Sauf que c'est le cas. Pas seulement pendant mon Heat non plus.

Si je laisse mes pensées se concentrer sur Roman – ce que je m'efforce de ne pas permettre – je me rends compte que Roman n'a pas été le frimeur du lycée comme je me souviens de lui. J'avais attribué cela au fait de ne plus être en classe ou de faire du sport ensemble. Mais alors que je me rappelle nos interactions au cours des cinq dernières années, la seule fois où il m'a irrité les nerfs, c'est lorsqu'il a critiqué mon magasin, et il est possible que j'aie été tout simplement trop sensible aux conseils judicieux offerts par quelqu'un qui a grandi pour vivre et respirer le marketing. . Oui, il aurait pu être moins direct dans sa prestation, mais les conseils m'ont aidé à améliorer mon entreprise.

Mère revient dans la pièce, m'épargnant le mal de tête d'essayer de démêler mes émotions en ce qui concerne Roman.

Son regard froid se pose sur moi. « Dr. Holt sera bientôt là. Vous devriez vous préparer à l'examen dans votre chambre.

"Bien sûr pas de problème." Je me lève et me dirige vers la porte. « Mais après ça, je dois partir. J'ai du travail le matin.

« Vous me rencontrerez d'abord », dit-elle sèchement. « Nous avons beaucoup de choses à discuter sur votre avenir si cela s'avère vrai. Cela change nos options.

Je peux pratiquement voir les fiches financières se dérouler dans son esprit, analysant le bénéfice net de familles comme celle d'Herold, qui ont la richesse pour faire partie de la classe supérieure mais n'ont pas le pedigree nécessaire pour franchir cette dernière étape sans mariage.

La mâchoire serrée contre les mots que je veux lui dire, je quitte la pièce et monte à l'étage.

Ma chambre au deuxième étage n'a pas changé depuis que je suis parti à l'université et je n'y suis jamais revenu. Il contient toujours les affiches des équipes sportives auxquelles j'ai participé, ainsi que des livres sur les herbes, les épices et les profils de saveurs cachés sous mon lit comme un sale secret. En grandissant, on s'attendait à ce que je sois une mondaine comme ma mère et ma sœur, contribuant à la communauté par la philanthropie plutôt que par le travail réel.

Pourquoi travailler quand nous étions ridiculement riches ?

Maintenant, mon « passe-temps idiot » fait de moi le seul dans cette famille non seulement disposé, mais réellement capable, de vivre sans notre richesse. Dommage que mes projets n'aient pas vraiment décollé. Roman avait raison lorsqu'il disait que j'avais commencé avec mes parents et que je comptais toujours sur eux. Aucune banque ne m'aurait accordé un prêt pour ouvrir un salon de thé dès la sortie de l'université sans aucune expérience préalable.

J'avais choisi la voie la plus facile et accepté l'argent de ma famille, et maintenant cela me mordait au cul. Au sens figuré comme au sens littéral, si Mère parvient à ses fins et me vend.

Je me dirige vers la petite vitrine qui abrite les quelques trophées que j'ai gagnés à l'école. La plupart sont deuxièmes ou finalistes, mais il y a eu quelques fois où mes intérêts et ceux de Roman ont divergé, où j'ai remporté des prix de première place. Comme en cours de cuisine. Je touche le ruban bleu. J'avais gagné celui-là pour mes biscuits géants snicker-doodle, la même recette que je vends dans la boutique.

Un léger coup vient de la porte ouverte et je me retourne pour trouver le Dr Holt debout dans l'ouverture, une trousse médicale dans une main. Mère se tient derrière lui, mais je lui ferme la porte au nez avant qu'elle puisse passer l'examen. Elle ne peut pas pousser jusqu'au bout, et me voir nue est un non catégorique pour moi.

"Bon après-midi, Warren." Le Dr Holt pose son sac sur le bureau contre un mur. "Alors, ta mère me dit que tu penses que tu es un Omega?"

"Je sais que je le suis. Je suis déjà allé voir un médecin pour le faire confirmer. En lui montrant les suppresseurs, je saisis le code de mon protège-nuque au toucher et je le déverrouille.

Le Dr Hold met mon ordonnance de côté et ses doigts frais et secs écartent mon cou roulé. "C'est quel âge ?"

"Une semaine." Je me concentre sur le sol. "C'est le premier."

«Ça guérit bien et l'impression est claire. Votre Alpha fait preuve d'un bon niveau de retenue. Il recule. "C'était consensuel ?"

"Autant que tout pendant un Heat est consensuel." Je lui montre son sac. « Avez-vous vraiment besoin de passer un examen ? »

Il sort un stéthoscope. « J'aimerais vérifier votre cœur et vos poumons, prendre votre température... Avez-vous utilisé des préservatifs ?

Mes joues s'échauffent alors que je secoue la tête. Je ne suis pas prude, mais je vois le Dr Holt depuis que je porte des couches. «J'ai déjà fait un test de grossesse. Le résultat est négatif. »

Le doux sourire qu'il me fait forme de profondes rides autour de ses yeux. « Nous devrions faire une autre prise de sang dans une semaine, juste pour être sûr. Parfois, on peut obtenir un faux négatif à un stade aussi précoce. Il met le stéthoscope autour de son cou. « Mais pour ce qui est d'un examen complet, non, nous n'en avons pas besoin. La marque sur ton cou en est une preuve suffisante. S'il s'agissait d'un Alpha mordant un autre Alpha, ou même d'un Bêta, la Marque ne guérirait pas aussi vite. Cela s'enfonce déjà sous votre peau.

Ma main se lève pour toucher ma nuque. J'avais été surpris de la rapidité avec laquelle la croûte s'est lavée et ma peau est maintenant douce au toucher. Cependant, je n'ai pas eu le courage de le regarder dans le miroir. Regarder rend les choses réelles, et j'ai essayé de faire comme si ce qui s'était passé entre Roman et moi n'était qu'un rêve fiévreux. Sinon, je me retrouve à me retourner au milieu de la nuit, à chercher quelqu'un qui n'est pas là.

« Votre autre médecin vous a-t-il parlé des précautions que vous devrez prendre maintenant ? » » demande le Dr Holt en vérifiant mon rythme cardiaque. Quand j'acquiesce, il appuie le stéthoscope contre mon dos. "Respiration profonde."

Le Dr Holt termine son examen et prend un flacon de sang pour le test, et nous prenons rendez-vous pour que je passe dans son bureau la semaine prochaine pour un autre test de grossesse.

Quand je le raccompagne hors de ma chambre, je trouve ma mère qui attend toujours dans le couloir, comme si elle craignait que je m'échappe avant d'avoir eu la chance de réenfoncer ses crochets dans moi.

Le Dr Holt lui tend un rapport récapitulatif en passant, ainsi qu'une bouteille de ce que je suppose être des tranquillisants. À huit heures ce soir, elle s'évanouira et ne se réveillera pour rien avant le matin.

Quand j'essaie de suivre le médecin jusqu'aux escaliers, Mère s'accroche à mon bras et me conduit plutôt vers son bureau privé.

Elle ferme la porte et se dirige vers sa crédence, où elle ramasse une pile de documents imprimés. Donc, elle n'était pas restée devant ma porte pendant tout ce temps. Non, elle était occupée à imprimer les futurs candidats au mariage.

« Je ne sais pas comment cela s'est produit, mais il semble que le destin veille sur notre famille. Votre statut d'Omega élargit considérablement nos options pour votre futur conjoint. Les commissures de ses lèvres se contractent. « Mais n'espérez pas trop pour Roman. Son nom de famille est trop beau pour s'attendre à ce qu'ils remplissent nos comptes bancaires en l'épousant. Nous pouvons trouver quelqu'un de meilleur, qui a besoin du nom Heardst et qui a désespérément besoin d'un Omega masculin.

La manière calculatrice dont elle parle de mon avenir, comme si je n'avais pas mon mot à dire, me fait rouler l'estomac.

Elle feuillette les papiers qu'elle tient. « Aujourd'hui, la famille Filbert – celle de la côte Est et non celle de la côte Ouest – a un fils qui est sur le point de reprendre l'entreprise familiale. Il a besoin d'une épouse pour l'aider à apaiser l'opinion de l'actionnaire selon laquelle il est un peu un enfant sauvage. Un enfant à lui aidera à cela.

La sensation de naufrage dans mon estomac s'accentue. « Mère ?...
»

« Ou alors, il y a les Wellington », continue-t-elle sans pause. « Leur chaîne hôtelière a plutôt bien réussi, et ils cherchent à établir des liens pour se développer ?... »

« Mère ! Je crie pour l'arrêter.

Elle fronce les sourcils. « Vraiment, Warren, il n'est pas nécessaire d'élever la voix. Je suis ici."

Mon cœur bat de panique, mais je ne peux plus prétendre que ça me va. "Je ne vais pas épouser un de ces hommes."

"Vous ne les avez même pas encore regardés."

"Cela n'a pas d'importance." Je retourne vers la porte. "Je ne vais pas me vendre au plus offrant."

Ses yeux se plissent sur moi. "Tu vas abandonner ta famille, comme ton père l'a fait ?"

Les mots atterrissent comme des flèches dans ma poitrine et je m'arrête près de la porte, la main sur la poignée. « Je ne coupe pas les ponts avec vous, mais je ne suis pas non plus disposé à me marier pour affaires. Je sais que cela a fonctionné pour vous et que Katheryn est satisfaite d'un arrangement similaire, mais j'attends plus de mon futur conjoint.

"Quoi, comme l'amour ?" elle se moque.

"Oui, exactement comme ça." Pour la première fois de ma vie, je plains ma mère, car elle n'a jamais ressenti de lien émotionnel profond avec qui que ce soit dans sa vie. Autrement, elle ne vendrait pas si vite l'avenir de ses enfants au plus offrant. « J'ai hâte de voir mon mari le matin et quand je rentre à la maison le soir. Je veux que quelqu'un que je puisse appeler quand je suis heureux ou triste, sache qu'il sera là pour moi.

« Alors prends un amant à côté, comme tout le monde. Ne vous mariez pas par amour. Ses lèvres se courbent de dégoût. « L'amour n'est qu'une passion, et la passion s'estompe. Un mariage fait dans une optique d'affaires durera car les émotions ne sont pas impliquées.

Mais cela n'avait pas duré pour elle. Mais je ne le souligne pas. Rien de ce que je dis ne la fera changer d'avis.

"Je suis désolé." J'ouvre la porte. « Ce n'est pas moi qui vous abandonne, toi et Katheryn ; Je serai toujours à votre disposition si vous avez besoin de moi. Mais je n'épouserai personne pour aider la famille.

"Warren, reviens ici", ordonne-t-elle, mais les mots me submergent.

Elle n'a plus le pouvoir de m'arrêter. Pas tant que mon Alpha me protège. Et c'est ce qu'est Roman en ce moment. Mon Alpha. Pour le meilleur ou pour le pire, je lui appartiens aussi longtemps que dure sa marque. Et je réalise maintenant que je ne suis peut-être pas aussi opposé à ce que cela dure comme je me le disais.

Doucement, je ferme la porte derrière moi et sors de la maison familiale. Que je sois à nouveau le bienvenu ou non est une question en suspens, mais ce n'est pas moi qui arrêterai d'appeler.

Devant moi, mon avenir s'annonce trouble et incertain, mais je suis sûr d'une chose. Quoi qu'il arrive ensuite, ce sera mon choix, et rien d'autre n'a d'importance.

Chapitre 10

Dimanche, je vais au travail et je dis à Steve et Mia ce qui se passe. J'aurais dû le faire dès que j'ai reçu l'annonce de la vente de la boutique, mais j'étais trop dans ma tête pour regarder ceux qui m'entouraient.

Ils prennent la nouvelle de la fermeture éventuelle mieux que prévu, et tous deux me surprennent lorsqu'ils proposent de rester en poste jusqu'après le changement, même si cela laisse leur avenir aussi incertain que le mien.

Hier, sur le chemin du retour à mon appartement, j'avais réalisé à quel point j'avais laissé ma famille me pousser dans une impasse par peur. Me marier pour de l'argent n'est pas la seule option de la famille. Bon sang, Mère peut épouser un vieil Alpha riche si elle veut conserver sa position dans la société.

J'aurais juste aimé m'en rendre compte dès le début.

Avec mon diplôme en commerce et cinq années d'expérience dans la direction d'un magasin, il ne sera pas difficile de trouver un nouvel emploi. Je gagnerai probablement même plus d'argent sans avoir à développer mon entreprise. Ça va être nul, mais je ne suis pas aussi enfermé que Mère me l'a convaincu.

Pour la première fois depuis qu'elle nous a largué la bombe, mes pensées sont enfin claires. Je ne suis plus en mode de bousculade désespérée. Steve m'a proposé d'utiliser sa chambre d'amis pendant que je cherchais un emploi, et je ravale ma fierté, promettant de le rembourser une fois que j'aurais compris les choses.

Je passe le reste de la nuit à préparer mes maigres affaires. Il me reste encore une semaine avant de devoir sortir et je veux être prêt.

Quand lundi arrive, je me sens calme. Le nouveau propriétaire arrivera pour inspecter les lieux et, espérons-le, nous informera de la date à laquelle il fermera les portes. Si c'est une option, j'aimerais rester ouvert jusqu'à la fin du mois pour avoir le temps de vendre les produits que nous avons sous la main et donner à chacun le temps de trouver un nouvel emploi. Mais si les portes se ferment ce soir et ne s'ouvrent pas à nouveau, cela nous conviendra également.

Même Roman qui vient prendre son thé du matin ne peut pas tuer mon calme.

J'apporte la tasse de Earl Grey sucré et ses deux biscotti à sa table et les dépose avec un sourire aux lèvres.

Il me regarde avec méfiance. "Tu as l'air de bonne humeur, alors que je n'ai pas dormi un clin d'œil depuis samedi."

Sans m'excuser de mon rôle, je lui propose un haussement d'épaules. "De grandes choses se produisent aujourd'hui."

Il jette un coup d'œil autour du magasin. "Bonnes choses?"

Je hausse encore les épaules. "Je ne sais pas encore."

En tendant la main, il attrape ma main. "Warren, nous devons parler."

Certains de mes calmes s'éteignent, mais je m'en sors. "Pas maintenant. Revenez après la fermeture.

Il hésite un instant avant d'acquiescer. "D'accord. Voudrais-tu dîner ou quelque chose comme ça ?

Je secoue la tête. « Non, tu peux revenir chez moi. Nous pouvons commander une livraison chinoise. Tu aimes toujours le porc moo shu, n'est-ce pas ?

Un sourire tire sur ses lèvres. "Tu te souviens?"

"Comment puis-je oublier? Tu étais un connard et tu mangeais toujours toutes les crêpes. Mon vaccin n'a pas son piquant habituel et le sourire de Roman s'élargit.

"Au moins, tu es prévenu." À contrecœur, il me laisse partir. « Je ne prendrai plus de votre temps. Je viendrai à sept heures ce soir ?

Hochant la tête, je retourne au comptoir.

Roman part à neuf heures pile, et pendant le reste de la journée, la bulle calme qui m'entoure se dissout lentement. Le nouveau propriétaire ne vient jamais et je revérifie la lettre pour m'assurer de ne pas avoir confondu la date.

Alors que je raccompagne Mia après la fermeture, l'incertitude me remplit. Je pensais terminer ce soir avec une idée plus ferme de ce que mon avenir me réserverait, et ne pas le savoir me laisse instable. Ce n'est pas un sentiment que j'apprécie lorsque je cherche Roman dans la file de voitures garées. Je ne sais même pas ce qu'il conduit. Probablement quelque chose de rapide et de flashy.

"Garenne!" une voix m'appelle et je me retourne pour voir Roman courir dans la rue vers moi. "Veillez excuser mon retard. Le bus était en retard. »

Mes sourcils se lèvent. « Vous utilisez le bus ? »

Souriant, il s'arrête à côté de moi. "Cela me donne le temps de lire."

"Hein." Je me tourne vers mon appartement et il me suit.

« Vouliez-vous que je conduise ? Je vais appeler un taxi. Il sort son téléphone, mais je le repousse vers sa poche.

"J'habite tout près. Nous pouvons récupérer la nourriture en chemin, si cela ne vous dérange pas ? Le restaurant chinois met quarante minutes à livrer ou dix minutes à récupérer.

"Ça a l'air bien." Il met ses mains dans ses poches et l'air entre nous devient inconfortable avant qu'il ne s'aventure : « As-tu passé une bonne journée au travail ?

"Nous étions occupés", dis-je brièvement, puis je grimace. La réponse n'a pas vraiment suscité d'autres questions, mais nous n'avons jamais fait cela auparavant, et je n'ai jamais été doué pour les bavardages.

Il ne répond pas et nous marchons en silence pendant un pâté de maisons avant que mes bonnes manières n'interviennent. « Avez-vous passé une bonne journée de travail ?

"C'était occupé." Il regarde les voitures qui passent et pousse un soupir. « C'est plus difficile que je ne le pensais. De quoi parlions-nous tout le temps ?

Je fronce les sourcils. "Nous ne l'avons pas fait."

Il se retourne vers moi avec un froncement de sourcils. "Oui. Nous parlions toujours.

«Nous étions toujours en contradiction les uns avec les autres», précise-je.

Roman fouille mon visage et soupire à nouveau. "Eh bien, je parlais."

"Essayez-vous de provoquer une bagarre ?" Je demande.

Ses sourcils se lèvent. "Es-tu?"

Je le suis en quelque sorte. C'est la seule façon que je connaisse de parler à Roman, et j'ai envie de parler. Je ne sais tout simplement pas quoi dire.

Au pâté de maisons suivant, nous tournons à gauche et la main de Roman heurte la mienne. Surpris, je le regarde, mais il regarde le trottoir, perdu dans ses pensées.

Au restaurant chinois, nous passons notre commande et sirotons des tasses de thé vert en attendant.

Roman ajoute du sucre au sien et grimace. "Votre thé est meilleur."

Cela me fait rire. "C'est un type de thé complètement différent."

« Êtes-vous en train de dire que toutes les mauvaises herbes ne sont pas identiques ? il taquine. Quand je lui lance un regard moqueur, il se penche en avant. "Alors, dis-moi en quoi le Earl Grey et le thé vert sont différents, oh mon Dieu du thé."

"N'oubliez pas que vous avez demandé cela", je préviens avant de me lancer dans le processus de culture, de récolte et de séchage des feuilles de thé.

Le sujet nous guide tout au long du serveur déposant notre commande à emporter et jusqu'à mon appartement. Roman porte le sac de nourriture, me laissant libre de mes gestes pendant que je parle. Je m'attendais à ce qu'il s'éloigne dans les cinq minutes, mais il est réellement intéressé, posant des questions pointues qui font avancer le sujet.

Il est meilleur que moi dans ce domaine de socialisation.

Alors qu'il entre et que nous enlevons nos chaussures, il jette un coup d'œil autour du petit espace rempli de boîtes. "Vas-tu quelque part?"

"Je suis expulsé à la fin du mois." J'écarte une boîte pour faire de la place à notre nourriture.

Il fronce les sourcils en enlevant sa veste. « Avez-vous manqué le paiement de votre loyer ? »

Je secoue la tête. «J'ai loué l'endroit sous mon nom de famille. Mère a annulé le contrat.

Sans me regarder, il sort les contenants de nourriture du sac. "Elle est vraiment déterminée à te forcer à faire la queue, n'est-ce pas ?"

Sortant du placard deux assiettes que je n'ai pas encore emballées, je les pose sur la table. "Elle va être déçue."

« Tu ne rentres pas chez toi, alors ? » Même s'il semble décontracté, la tension traverse ses épaules.

"Non," dis-je lentement.

Sa tête reste baissée. "Et sa recherche de ton conjoint parfait?"

"Ne vous inquiétez pas, vous êtes tiré d'affaire pour ça." J'étudie le haut de sa tête. "Je ne me mettrai pas aux enchères."

Il se force à rire. « C'est bien, parce que je ne voulais vraiment pas payer dix mille dollars par mois pour un enfant. Il existe de bien meilleures façons de dépenser ce genre d'argent.

"Oh?" J'ouvre le récipient de fines crêpes et en prends la moitié avant qu'il puisse toutes les voler. « Que vas-tu faire de tout cet argent disponible maintenant ? »

Sans lever les yeux, il prend les crêpes restantes. « Investissez-le dans quelque chose de significatif. »

La curiosité prend le dessus sur moi. « Qu'y a-t-il de plus significatif que les enfants ?

"Rêves." Ses yeux se lèvent pour rencontrer les miens. «Un salon de thé.»

Le sang s'écoule de mon visage et je m'agrippe à la table pour me soutenir. « Vous êtes le nouveau propriétaire ? »

« Investisseur », corrige-t-il. « Je ne connais rien au thé. Tout dépend de vous.

Lentement, je m'enfonce dans l'une des chaises. "Pourquoi fais-tu ça?"

Roman passe une main dans ses cheveux, ébouriffant les mèches auburn. "Je suis apparemment très mauvais dans ce domaine, alors je vais juste le dire." S'avançant à grands pas, il s'agenouille devant moi et prend mes mains molles. "Warren Heardst, je suis amoureux de toi."

« C'est des conneries », je murmure, trop choquée pour que mon cerveau trouve autre chose.

Les yeux de Roman se plissent. "Non seulement je suis amoureux de toi, mais je pense que tu ressens la même chose."

"Double connerie." Je libère mes mains. «Tu ne m'aimes pas. Vous me considérez comme votre rival.

Sans se laisser décourager, il saisit mes genoux. «Tous les gars avec qui tu es sorti me ressemblent. Cela ne peut pas être une coïncidence.

« Je ne... » Mon cerveau affiche tous mes petits amis aux yeux bleus et aux cheveux auburn devant mes yeux. "J'ai juste un type." Puis je regarde l'homme en face de moi. "Et vous les avez tous volés."

Ses pouces font des cercles sur mes cuisses. "Est-ce que ça t'a rendu triste ?"

"Ça m'a énervé!"

Ses doigts glissent sous mes genoux. "Mais est-ce que ça t'a rendu triste ?"

Je me lèche les lèvres, ne voulant pas admettre que ce n'est pas le cas. Quel genre de personne horrible cela me fait-il de ne pas être triste quand mes petits amis m'ont abandonné pour quelqu'un d'autre ? J'étais juste en colère que Roman ait encore gagné.

"Ce n'est pas le cas, n'est-ce pas?" Il tire sur mes jambes, me tirant plus bas sur le siège avant de les ouvrir pour se faire de la place. "Cela ne t'a pas rendu triste parce qu'aucun d'eux n'était l'homme avec qui tu voulais vraiment être."

En secouant la tête, mes yeux tombent sur ses lèvres. "Tu étais toujours en compétition contre moi."

"Je faisais de mon mieux pour prouver que j'étais assez bien pour être avec toi." Ses mains caressèrent mes cuisses jusqu'à mes hanches. "Je n'ai pas réalisé que cela te faisait fuir jusqu'à ce qu'il soit trop tard."

Mon cœur s'emballe, mais je l'ignore. "Alors, tu pensais m'acheter à la place ?"

"Je te courtise depuis cinq ans, Warren." Il esquisse un sourire d'autodérision. «Je l'admets, je l'ai mal fait, mais j'ai essayé. Était-ce si stupide de ma part de penser qu'un contrat de mariage était un signe ?

"Mais je suis un Alpha", je proteste.

« Non, ce n'est pas le cas. Tu es un Oméga. Mon Oméga. Il se met à genoux, son parfum de bergamote et d'agrumes m'entoure. "Mais même si tu étais un Alpha, je m'en fiche." Il tient le mien de son regard et se penche en avant jusqu'à ce que ses lèvres effleurent les miennes. « Alpha, Omega, Beta, je m'en fiche. Je veux juste toi. J'ai toujours." Je frissonne alors que chaque mot provoque un presque baiser. « Dites-moi que je suis seul dans ce cas. Dis-moi que je n'ai aucune chance et je m'en vais. Je ne te dérangerai plus jamais. Vous pouvez continuer à gérer le salon de thé ; Je resterai en tant que partenaire silencieux, et vous pourrez le racheter quand vous le souhaitez, sans aucune condition.

Mon ventre se serre de panique. Je ne veux pas qu'il arrête de venir au salon de thé. Je ne veux pas arrêter de le voir tous les jours.

Il effleure à nouveau les miennes avec ses lèvres. « Vous ne me repoussez pas. Est-ce que ça veut dire que je peux prendre ça comme un signe ?

J'essaie de parler, mais les mots ne viennent pas.

Lentement, Roman recule. "Ou devrais-je y aller ?"

Gémissant en signe de protestation, je réduit la distance entre nous, ma bouche couvrant la sienne.

Chapitre 11

Ma bouche s'ouvre au premier effleurement de la langue de Roman, et il entre, me réclamant à nouveau.

Comment aurais-je pu m'en sortir il y a une semaine ? Comment pourrais-je ne pas reconnaître ses sentiments dans la façon tendre dont il me prend la joue, dans la façon dont il me tire plus près ?

Haletant, je recule. "Demande moi."

"Quoi?" Ses mains glissent sous ma chemise.

"Je ne suis plus dérouté par le Heat maintenant." Levant les bras, je le laissai passer ma chemise par-dessus ma tête. "Demandez-moi ce que vous avez fait avant."

Ses doigts glissent sous le protège-nuque pour effleurer ma marque. "Laisse moi prendre soin de toi. Laisse moi t'aimer. Laisse-moi te marquer, t'épouser et être toujours avec toi.

"Oui." Je fais des bisous sur son visage. "De longs fiançailles, beaucoup de rendez-vous pour apprendre à se connaître, et si nous survivons à cela, alors oui."

"Tout ce dont tu as besoin." Il ramène mes lèvres vers les siennes. "N'oubliez pas que je suis vraiment mauvais dans toute cette histoire d'amour."

"Nous nous améliorerons ensemble." Je passe mes doigts dans ses cheveux pour le rapprocher. "Demain. Nous irons mieux demain. Ma chambre est au bout du couloir.

Roman ne perd pas de temps à me soulever de la chaise et à me prendre dans ses bras, se dirigeant vers ma chambre.

Nous tombons sur le lit, le corps de Roman recouvrant le mien, et je gémis alors qu'il me malmène dans la position qu'il veut, les jambes écartées et lui fermement entre elles. Sa queue dure frotte contre la mienne tandis que ses mains glissent sur ma poitrine et ma taille.

Des lèvres chaudes trouvent mon oreille. "Tu m'as tellement manqué."

Au pincement aigu de ses dents, un halètement m'échappe. "C'était seulement une semaine."

«Je te veux depuis treize ans. Une semaine de plus, c'est trop. Il lèche une ligne chaude dans ma gorge pour attraper mon protège-nuque entre ses dents, tirant doucement. "Je veux que ça s'arrête."

En gémissant, j'enroule une jambe autour de sa taille. "Pas avant que nous soyons mariés."

Il lui donne un autre coup sec avant de le relâcher. "J'appellerai un juge ce soir."

Je lui tire les cheveux, essayant de ramener sa bouche vers la mienne. "Et sortir du lit?"

"Demain." Ignorant mon insistance, il descend plus bas. "J'appellerai un juge demain."

"Tu m'as promis une longue enga-" Un gémissement m'interrompt alors que sa bouche trouve ma tige dure à travers mon pantalon.

Roman regarde mon corps avec un sourire méchant. "De longues fiançailles, ou toi dans ma bouche?"

En réponse, je me penche et décompresse mon pantalon.

Il grogne avec approbation avant de baisser la tête, ses belles lèvres se repliant sur moi. La chaleur de sa bouche entoure mon bout douloureux et il langue ma fente, léchant mon pré-éjaculation avant de m'enfoncer plus profondément, jusqu'au fond de sa gorge. Je gémis face à la tension des muscles autour de ma bite dure, mes doigts s'enfonçant dans ses cheveux pour tirer par intermittence. Ça fait du bien, mais j'ai besoin de plus. J'ai besoin de mouvement et de succion. J'ai besoin de ses lèvres rouges de friction et glissantes de bave et de sperme.

Je tire ses cheveux plus fort jusqu'à ce que sa tête se lève, puis je les pousse dans sa bouche, aimant l'étirement de ses lèvres autour de moi et la façon dont il me ramène volontairement. Ses mains se déplacent vers mes hanches, me poussant à baiser sa bouche. Haletante, je me regarde entrer et sortir entre ses lèvres, le plaisir me remplissant à chaque fois que je me glisse dans sa gorge, à chaque fois que sa langue appuie contre la grosse veine sous ma bite.

Un picotement commence dans mes orteils et remonte jusqu'à mes jambes, resserrant mes muscles avec plaisir. Sentant à quel point je suis proche, Roman reprend le contrôle, ses joues se creusant sous l'effet de la succion alors que sa tête bouge plus vite. Mes mains se serrent dans ses cheveux épais alors que mes cuisses se tendent, mes couilles picotent avant qu'une impulsion de plaisir ne me traverse. Du sperme jaillit de ma bite et la gorge de Roman travaille autour de moi, l'avalant.

Suçant fort alors qu'il recule, il lèche la dernière goutte de sperme de mon bout avant de me libérer.

Le pouls continue de s'accélérer, je reste allongé et haletant sur le lit alors que j'essaie de reprendre mon souffle.

Roman s'assoit sur ses talons, ses doigts s'agrippant à ma ceinture avant d'enlever mon pantalon. Il écarte mes jambes et se penche une fois de plus, sa bouche sur mes couilles sensibles tandis qu'une main glisse plus en arrière pour trouver mon entrée.

Quand il me trouve déjà mouillé, il gémit, ses doigts s'enfonçant en moi. Contrairement à mes chaleurs, mon corps résiste à l'invasion, l'étirement des muscles tendus brûle, et il est doux et patient alors qu'il me détend jusqu'à ce que je puisse prendre quatre de ses doigts.

À ce moment-là, je bouge sans cesse, ma bite s'épaississant à nouveau de désir. C'est différent de l'époque où j'étais pris de fièvre. À l'époque, j'étais poussé à m'accoupler, prêt à sauter toutes les choses amusantes pour avoir Roman en moi le plus vite possible, et il avait été le même, poussé par mon instinct à soulager mon besoin.

Mais maintenant, il ne se précipite pas, même quand il me fait ouvrir la porte à lui. Au lieu de cela, il embrasse tout le long de mon corps, s'arrêtant pour s'attarder sur mes tétons et tirant de manière ludique sur mon protège-nuque avant d'aspirer la peau au-dessus dans sa bouche.

En gémissant, je tire sur ses vêtements, n'aimant pas qu'il les porte encore alors que je suis entièrement nue. Le tissu gratte ma peau sensible et frotte contre ma bite et mes tétons.

Je tire sur le dos de sa chemise. "Désactivé."

"Déshabille-moi", rétorque-t-il, sa voix étant un ronronnement enfumé à mon oreille.

Il se rassied une fois de plus, me soulageant de son délicieux poids, et je le suis, mes doigts tâtonnant avec les boutons de sa chemise. J'ai envie de déchirer cette foutue chose pour atteindre le corps chaud en dessous, mais je me force à les défaire un par un jusqu'à ce que je puisse le repousser de ses épaules et le jeter au sol. Il s'assoit plus loin pendant que je travaille sur sa ceinture, puis sur le bouton et que je vole sur son pantalon, soulevant ses hanches lorsque je les baisse.

C'est comme déballer le plus beau cadeau de tous les temps, le seul que personne d'autre que Roman ne puisse m'offrir. Son corps musclé, nu et étalé sur ma couette, me coupe le souffle. Je ne peux pas croire que cet homme soit à moi, que je pourrai me disputer avec lui et l'aimer pour le reste de ma vie.

"Viens ici", grogne-t-il en me tirant à califourchon sur ses hanches.

Mes mains se posent sur son ventre dur, mes jambes écartées dans une position inconnue. Le monde semble différent au-dessus de Roman, comme s'il y avait eu un changement de pouvoir. Les yeux écarquillés, je le regarde, sans savoir à quoi il s'attend.

Un regard brûlant se posa sur moi, ses mains caressèrent mes cuisses. "Mets-moi à l'intérieur de toi."

Mes cuisses fléchissent à ses mots et sa queue dure se presse contre mes fesses. Le cœur battant, je me mets à genoux et tends la main pour poings sa queue, la tenant fermement pendant que je m'enfonce sur lui. Le premier tronçon de muscles brûle alors que sa largeur m'écarte, et je halète devant sa taille. Dans mon Heat, je n'ai eu aucun problème à le prendre d'un seul coup, mais maintenant, je dois travailler pour l'intégrer, mes hanches se balançant par courtes poussées alors que mon corps lutte pour l'accueillir.

La sensation est également différente de celle de ma chaleur. Je le sens davantage maintenant, la tête douce de sa queue ouvrant un chemin pour la force d'acier de son manche. Il se sent chaud et palpitant en moi, et mes muscles fléchissent et se contractent autour de sa longueur dure, réapprenant sa forme.

Mes hanches bougent plus vite, sa traînée dans et hors de mon corps est presque trop intense. Me mordant la lèvre, je me penche en arrière, une main se déplaçant vers sa cuisse, et sa queue traîne contre le faisceau nerveux serré à l'intérieur de moi. Ma bite se branle avec le plaisir supplémentaire, du sperme s'écoule de mon bout, et Roman y passe sa main avant de saisir ma bite.

Je gémis, les hanches bougent plus vite, submergé par la sensation de ma bite sortant de sa main alors que sa queue remplit mon corps, puis repoussée dans la coupe serrée de son poing alors que sa queue glisse.

Roman plie les genoux, poussant vers le haut lors de mon prochain mouvement vers le bas, et je crie face à la pénétration plus profonde. Je sais qu'il m'a chevauché plus fort pendant mes Heat, mais cela n'avait jamais été aussi profond, aussi invasif, comme si sa queue atteignait mon ventre. Je lève une main, la pressant sur mon bas-ventre pour voir si je peux le sentir là, mais Roman retire ma main, enroulant mes doigts autour de ma bite avant que ses mains ne saisissent mes hanches, me dirigeant vers un rythme plus rapide alors qu'il pousse vers le haut. en moi.

Frénétique, je pompe mon corps, le pouce balayant ma tête sensible, y rassemblant le sperme pour ajouter du lubrifiant. Les picotements recommencent et ma tête retombe, ma bouche ouverte sur un gémissement tandis que je roule mes hanches, faisant tournoyer la bite de Roman au fond de moi. Ses halètements rejoignent les miens, ses mains pressées sur mon corps, me poussant vers le bas alors qu'il pousse vers le haut.

L'orgasme me traverse, mon sperme chaud se répand sur ma main, et Roman palpite au plus profond de moi. Mes hanches tremblent, mes fesses ondulent autour de lui, tirant tout son sperme.

Lentement, je m'affaisse en avant, mon visage enfoui dans la courbe de son cou, et je reprends mon souffle, remplissant mes poumons de son parfum unique et de l'odeur musquée de notre passion.

Il passe une main dans mon dos, apaisant les répliques qui me traversent.

Des lèvres chaudes se pressent contre ma tempe en sueur. "Je t'aime." Son prochain baiser tombe sur ma joue. "Je t'aime tellement."

Je me redresse sur mes bras tremblants pour le regarder. "Tu ferais mieux de me rendre heureuse."

«Je le ferai», promet-il. "L'homme le plus heureux qui existe."

Je me penche pour lui mordiller les lèvres. «C'est un défi de taille. Tu es sûr que tu peux y arriver ?

Il me prend la joue, son expression tendre. "N'ai-je pas toujours gagné quand j'y réfléchissais ?"

"Vous avez un bilan à respecter." Je lui donne un baiser paresseux et humide. "Mais alors, je n'en attendrais pas moins de la part de l'homme que j'aime."

En gémissant, il me saisit par la taille et roule jusqu'à ce que je m'allonge sous lui. "Je veux faire un bébé maintenant."

Je serre mes fesses autour de sa queue ramollie. « Vous devrez y consacrer plus d'efforts. Je ne suis plus fertile avant trois semaines.

Il se redresse sur les coudes pour me regarder. « Est-ce que tu le veux vraiment ? Vous avez des bébés avec moi ?

« Eh bien, à dix mille par mois ?... »

En grognant, il se précipite pour réclamer mes lèvres dans un baiser passionné qui fait s'emballer mon pouls une fois de plus.

Quand il recule, je tends la main pour lui prendre le visage. « Oui, je veux une famille avec toi. Après tout les rendez-vous et le mariage.

Il fronce les sourcils. « Tu as accepté de m'épouser demain. Nous pourrons avoir des rendez-vous après.

Mes sourcils se lèvent. "Non, j'ai juste décompressé mon pantalon. Ce n'est pas ma faute, tu as supposé.

Ses yeux se plissent face au défi. "Ça va être comme ça pour le reste de nos vies, n'est-ce pas ?"

"C'est vrai", je suis d'accord.

"Je ne peux pas attendre." Et il redescend pour réclamer à nouveau mes lèvres.

Chapitre 12

Huit mois plus tard, Roman me traîne enfin devant un juge.

Nous organisons une petite cérémonie au salon de thé, à la grande horreur de ma mère. Nous avons fermé le magasin plus tôt pour l'événement et invité uniquement des amis proches.

Elle amène son nouveau mari et ils se tiennent de part et d'autre de la pièce. Je doute qu'elle s'accroche à celui-ci longtemps, mais au moins elle a arrêté de nous reprocher, à moi et à Roman, d'avoir choisi de vivre dans un petit appartement de deux chambres à mi-chemin entre nos deux emplois plutôt que dans l'une des maisons familiales.

Katheryn avait décidé de sauter mon mariage au profit d'une croisière autour du monde, payée par le nouveau mari de ma mère. Cela me rend triste, mais je ne m'attendais pas à ce qu'elle vienne. Elle était toujours à la recherche d'un conjoint avec de l'argent et était amère de lui avoir « pris » Roman.

Non pas qu'elle ait jamais eu une chance avec lui.

Les parents de Roman sont également venus, et à la façon dont ils se tiennent la main et leurs yeux s'attardent, je sais d'où Roman a hérité de son côté romantique et de sa persévérance pour ne pas m'abandonner pendant toutes ces années.

Mon cœur se gonfle d'amour et de bonheur alors que je me tiens à ses côtés devant le juge. J'avais pris sa marque pour la troisième fois il y a quelques mois, et je la porte maintenant avec fierté à la vue du monde entier. Au-delà de cela, mon passage d'Alpha à Omega n'a pas beaucoup affecté ma vie, à part un changement majeur.

Comme s'il percevait mes pensées, le bras de Roman s'enroule autour de ma taille, sa paume s'étendant sur la petite tumeur de mon ventre. La nouvelle est arrivée le mois après que j'ai accepté de fixer une date de mariage. Nous ne l'avons pas encore dit à ma mère. Nous laisserons ce scandale au moment où je me présenterai à ma césarienne trois mois avant la date prévue.

Peut-être que cela l'aidera à surmonter le fait que j'ai refusé d'accepter tout cadeau de la part de la famille de Roman. Je ne veux pas que l'argent soit entre nous lorsque nous commencerons notre nouvelle vie, et Roman l'avait compris, même si ma famille ne le savait pas.

Le juge fixe Roman avec un regard sévère. « Roman Markham, prenez-vous Warren Heardst comme mari légitime ? Par la maladie et la santé, jusqu'à ce que la mort vous sépare ?

Roman se redresse, ses épaules reculant. "Je fais."

Le juge se tourne vers moi. « Et vous, Warren Heardst, prenez Roman Markham comme mari légitime ? Par la maladie et la santé, jusqu'à ce que la mort vous sépare ?

Je me tourne vers Roman, le cœur gonflé d'amour. "Je fais."

Roman n'attend pas le feu vert du juge pour me prendre dans ses bras, sa bouche trouvant la mienne avec une aisance experte.

Comme il le devrait. Il m'embrasse tous les jours depuis huit mois d'affilée.

J'attrape ses revers et le tire plus près, mes lèvres se battant contre les siennes pour voir qui sortira vainqueur.

C'est mon ennemi du lycée et le propriétaire de mon cœur, après tout, et je prévois que le premier baiser de notre mariage établira la norme pour le reste de notre vie ensemble.

La fin.

87

Don't miss out!

Visit the website below and you can sign up to receive emails whenever Père Lolo publishes a new book. There's no charge and no obligation.

https://books2read.com/r/B-A-WAWIB-QUTGD

BOOKS2READ

Connecting independent readers to independent writers.

Did you love *Mauvais avec l'amour*? Then you should read *Steve du Nouvel An*[1] by Père Lolo!

[2]

Le PDG Harrison Steven McGinnis est incognito. Mieux vaut utiliser un faux nom lors de rencontres en ligne lorsque l'argent, les relations et sa célèbre entreprise sont en jeu.

Pour se sauver des chercheurs d'or du monde, il cache son visage et change son nom en Steve, et parvient toujours à établir une connexion étonnante avec une femme nommée ◇◇◇◇◇◇◇.

Nouvelle année? Nouveau petit-ami?

La comptable ◇◇◇◇◇◇◇ Thompson travaille tard. Déterminée à atteindre son objectif de fin d'année, elle ne quitte pas son bureau tant que le travail n'est pas terminé. Sa récompense ? Un rendez-vous avec Steve.

---

1. https://books2read.com/u/bOpg0K

2. https://books2read.com/u/bOpg0K

Si seulement la lumière au-dessus de son bureau arrêtait de clignoter, et que la rencontre avec le super technicien de maintenance arrêtait de la faire se tortiller sur sa chaise de bureau.

Du coup, le travail prend plus de temps à terminer et son rendez-vous avec Steve ? Cela ne semble pas si excitant. Pas quand elle n'arrive pas à oublier Harry.

Son réveillon du Nouvel An peut-il être sauvé ? Et qui l'attendra lorsque le bal tombera à minuit ?

Also by Père Lolo

Échos de passion
Une épouse pour un milliardaire
Mauvais avec l'amour
Steve du Nouvel An